KB054071

오늘도 출근하는
김 순경에게

오늘도 출근하는
김 순경에게

이재형 지음

매일경제신문사

프롤로그

김 순경을 위한 멘토가 되고 싶었다

화창한 가을 어느 날이었다. 어김없이 112신고를 접수하고 출동했다. 내 옆에는 파트너인 김 순경이 함께였다. 경험이 부족한 김 순경은 자주 긴장한다. 그는 근무할 때 어려움을 나에게 토로해왔다. 그에게 조언하던 중, 순간 나의 과거가 생각났다. 나 역시 김 순경과 같은 초임 시절을 겪었기 때문이다. 마침 그날은 내가 경찰 생활한 지 정확히 10년 차 되는 날이었다.

과거를 추억해보니 내 옆에서 나를 지지하고 도와준 멘토, 선배가 있었다. 김 순경에게도 든든한 멘토 역할을 해줄 선배가 있다면 얼마나 좋을까. 첫 도전이 두렵고 떨리는 이들에게 큰 도움이 되지 않을까. 나는 경찰이 된 지 10년이 되는 날 이런 생각을 했다.

가난, 학창 시절 따돌림, 고졸 출신, 열등감.

그동안 나에게 붙어 있던 수식어다. 낮은 자존감을 가지게 했던 말이었다. 사실 남이 나를 평가하기보다는 나 스스로 정의해왔다. 이런 나라고 아무런 꿈 없이 살아야 하는 걸까? 나는 이러한 과거의 배경을 극복하고 지금의 나로 성장했다. 나의 이야기를 들려주고 싶었다.

지금껏 내가 극복하며 살아온 이야기와 나의 인생에 빼놓을 수 없는 경찰생활. 경찰관으로서 고군분투하며 깨달은 것들. 바닥 같은 자존감을 가졌던 내가 성장한 이야기를 책에 담았다. 나보다 더 훌륭한 직원과 선배님들이 보았을 때 부족할지라도 용기를 내보기로 했다.

경찰에 대한 왜곡된 정보가 많다. 간혹 일선 경찰서에 실습 나온 경찰학교 학생들을 보면 실무적인 지식이 대비되지 않아 선배들에게 처음부터 다시 배우게 된다. 일반인도 경찰에 대한 여러 오해가 많다. 그건 경찰이 구체적으로 어떻게 일하는지, 어떻게 살아가는지 모르기 때문이 아닐까? 이제 더는 숨기는 게 아니라 솔직하게 보여주자. 그게 경찰을 더 알리는 것이라 생각했다. 그래서 숨기지 않고 드러내 보기로 했다.

책 제목의 '김 순경'은 어느 한 사람을 지칭하는 것이 아니다. 사회생활에 첫발을 내딛고 도전하는 사람들과 경찰 생활을 시작하는 우리 후배들, 경찰을 꿈꾸고 사랑하는 사람들을 뜻한다. 그들에게 해주고 싶은 나의 이야기와 소중한 조언이 가득 담겨 있다.

이 책은 크게 세 가지 부분으로 구성되어 있다. 첫 번째는 어린 시절, 밑바닥처럼 낮은 자존감을 극복하고 지금까지 살아온 나의 이야기다. 가난과 흉터, 고졸이라는 학벌로 낮은 자존감을 가진 내가 지금까지 경찰 생활을 통해 극복한 내용이다.

두 번째는 경찰에 입직한 후 초임 시절부터 지금까지 경험했던 현실적인 이야기와 경찰 생활하며 마주했던 다양한 범죄 논픽션이다.

마지막 세 번째는 10년 차 경찰관으로서 경찰에 대한 나의 느낀 점과 우리 경찰을 사랑하고 경찰을 꿈꾸는 사람들을 위한 현실적인 조언이 담겨 있다.

이 책은 특별한 사람의 이야기가 아니다. 우리 주변에서 흔히 볼 수 있는 경찰관들의 이야기이다. 이러한 경찰이 우리 국민과 자주 만나고 때로는 그들의 편에서 도움을 주는 사람들이다. 무엇보다 13만 경찰을 대표하고 진짜 경찰이 되도록 이끌고 있는 주역들이 아닐까 생각한다. 나와 내 가까운 동료들의 감동적인 이야기가 담겨 있다. 그래서 더욱 특별하다.

경찰에 많은 관심을 가지고 사랑하는 사람이라면, 우리 김 순경이라면 이 책이 더욱 특별한 이야기가 될 수 있다.

보잘것없다고 생각한 나의 경험도 누군가에겐 큰 교훈이 될 수 있다고 믿게 해준 책 쓰기 일타강사이자, '한국책쓰기강사양성협회' 대표 코치인 김태광 대표님과 항상 강력한 동기부여로 힘이 되어주신, 위닝

북스의 권동희 대표님께 감사를 드린다.

초보 작가의 이야기를 책이라는 결과물로 나올 수 있도록 흔쾌히 허락해주신 두드림 미디어의 한성주 대표님과 오랜 시간 나의 책을 정성껏 편집해준 편집부에게도 감사드린다.

또한 내가 올바른 길로 가도록 하나님의 사랑으로 붙들고, 말씀으로 달달 볶아주신 사랑하는 나의 목자 되신, '김포 하나로 교회' 담임 목사 백선기 목사님께 감사드린다.

장애를 극복하고 노년의 인생을 멋지게 살고 계신 나의 아버지 이상술님, 친구처럼, 때론 큰 누나처럼 지금까지 내 옆을 지켜준 소중한 어머니 최은미님께 큰 감사를 드린다.

36년간 일생을 국가에 바친 뼛속까지 군인이신 장인 최관희님과 하나뿐인 소중한 딸을 못난 사위에게 허락하시고 아내보다 더 나를 챙겨주신 장모 장옥자님께 감사드린다.

마지막으로 직장생활과 육아 속에서도 힘든 내색 하나 없이 남편인 나를 믿고 끝까지 응원해준 인생의 동반자인 사랑하는 나의 아내 최미나와 항상 삶의 큰 기쁨과 희망을 주는 세상 누구보다 소중하고 귀한 사랑하는 아들 복덩이 이재훈에게 깊은 감사를 드린다.

끝으로 지금까지 나와 함께해준 소중한 동료들과 이 책이 나오도록 응원해준 든든한 나의 후배들, 우리 경찰을 사랑하는 사람들, 지금도 경찰이 되기 위해 노력하는 예비 경찰관들, 초임지에서 설움을 이겨내며 고군분투하고 있을 우리 '김 순경'들에게 깊은 응원과 감사를 드리고 싶다.

이재형

CONTENTS

3장 : 대한민국 경찰관으로 산다는 것

4장 : 나는 경찰이 되어 소중한 인생의 지혜를 배웠다

5장 : 오늘도 출근하는 김 순경에게

1장

실업계 고졸, 경찰이 되다

처음부터 경찰이 꿈은 아니었다

어린 시절의 장래희망이 현재 직업과 같은 사람이 얼마나 될까? 나는 10년 차 경찰관이다. 그러나 처음부터 경찰을 꿈꾸었던 것은 아니다.

초등학교 때 나의 꿈은 만화가였다. 지금은 스마트폰으로 보는 웹툰이나 전자책이 대중화되어 있지만, 예전에는 종이책으로만 만화를 볼 수 있었다. 나는 영웅들이 소중한 사람을 지키기 위해 고군분투하는 종류의 만화책을 좋아했다. 축구, 야구와 같은 감동적인 스포츠 만화도 즐겨 보았다. 이런 만화에서 영감을 얻어 그림을 그리고, 주인공의 멋진 스토리를 담아 나만의 책으로 만들기도 했다. 만화를 통해 나의 상상력을 표현했던 것 같다.

나는 내가 만화에 재능이 있다고 생각했다. 그래서 아버지에게 칭찬받을 것을 기대하면서 내가 그린 연습장 한 권 분량의 만화책을 보여드렸다. 하지만 아버지는 나의 만화책을 몇 장 넘기며 보시다가 그 책을 방바닥에 툭 던지셨다. 그러곤 차가운 표정으로 말씀하셨다.

"이런 것 그리지 말고 공부나 해라."

칭찬받을 것을 기대하며 들떴던 나는 꾸중 아닌 꾸중을 들은 셈이었다. 어린 마음에 상처를 받고 속이 상했다. 그 이후부터 나는 더 이상 만화를 그리지 않았다.

아버지는 어린 시절부터 나에게 매우 엄격하셨다. 나는 아버지의 말을 감히 거역할 수 없었다. 그 때문인지, 아버지 앞에만 있으면 무서워서 항상 주눅이 들었다. 엄한 아버지 밑에서 자라다 보니, 아버지의 말씀을 듣지 않을 수 없었던 것 같다. 그렇게 만화가라는, 어린 시절 나의 장래희망은 한순간에 사라졌다.

나는 인천 동구 송현동, 지금은 아파트가 들어선 달동네에서 태어났다. 우리 집은 아버지와 어머니, 남동생과 나, 이렇게 네 식구가 함께 살았는데, 가정형편이 매우 어려웠다. 당시 같은 동네에 살던 사람 중 어느 누가 어렵지 않았겠느냐고 반문할 수도 있겠지만, 그중에서도 우리 집이 가장 가난했다.

아버지는 양복점을 운영하셨는데, 사정이 썩 좋지 않았다. 그래서 내가 초등학교에 들어갈 무렵, 어머니도 동인천 순대 골목 주변에서 작은 포차를 운영하셨다. 어머니는 밤늦게까지 장사하고 녹초가 되어 집에 들어오곤 하셨다.

그러다 보니, 나와 두 살 어린 남동생은 학교에서 돌아오면 둘이서 보내는 시간이 많았다. 밥도 항상 둘이서 먹었다. 부모님이 오실 때까지 기다리다가 같이 잠들곤 했다. 어린 시절 동생과 함께 보낸 시간이 많아서인지, 지금도 동생과는 사이가 좋은 편이다.

부모님께서는 자주 다투셨는데, 주된 이유는 가난 때문이었다. 돈 문제로 항상 집안 분위기가 좋지 않았다. 아버지는 차갑고 무뚝뚝한 분이셨다. 어머니는 밤늦게 들어와 몇 시간밖에 못 주무시는 바람에 매일 지쳐 계셨다. 아침에 등교를 위해 우리를 깨우실 때면 굉장히 힘들어하셨다. 두 분 모두 사는 게 힘들어, 자신은 물론 서로를 돌볼 여유가 없었다. 성인이 된 지금, 힘들었을 그때의 부모님을 생각하면, 가슴이 미어진다.

부모님이 가끔 큰 소리로 싸울 때면, 두 분의 싸움 소리가 밖에까지 다 들렸다. 나는 동네 사람들에게 부모님의 싸움이 알려지는 게 너무 창피했다. 하지만 그런 창피함은 차치하더라도 나는 두 분이 더는 싸우지 않았으면 했다. 두 분이 싸울 때면, 나와 동생은 방 안에서 서로 껴안고 싸움을 멈추게 해달라고 하나님께 기도하곤 했다. 그때는 우리 집 말고도, 주변의 여러 집에서 싸우는 소리가 자주 들렸었다. 다들 그렇게 힘들게 살았던 것 같다.

한번은 한겨울에 보일러가 고장 난 적이 있었다. 당시 우리 집은 고장 난 보일러 하나 고칠 형편이 되지 못했다. 아침에 일어나 학교에 가기 전, 어머니는 스테인리스 대야에 찬물을 받아 가스레인지로 세숫물을 데워주셨다. 나는 그 물로 대충 씻고 학교에 가기도 했다. 밤에는 전기장판을 깔고 이불 속에서 동생과 꼭 껴안고 자곤 했다. 이불 밖으로 얼굴을 내밀고 숨을 쉴 때면, 하얀 입김이 눈에 보일 정도였다. 집 천장에서는 쥐들이 돌아다니는 소리가 들렸다. 때로는 부엌에서 쥐가 발견되어 쥐덫을 놓아 잡았던 기억이 있다.

지금도 '그런 곳에서 어떻게 살았을까' 하는 생각이 들곤 한다. 하지만 마냥 불행하기만 했던 것은 아니었다. 가난했지만, 부모님의 사랑을 느낄 수 있었고, 동생과도 사이가 좋았으니 말이다.

우리 집은 일수꾼에게 빚을 진 적이 있었다. 나는 자주 어머니의 심부름으로 일수꾼들에게 돈을 주러 가곤 했었다. 그들 중, 우리 동네 통장 아주머니가 있었다. 통장 아주머니는 작은 구멍가게를 운영하셨는데, 내가 돈을 가져오면 기분이 좋아 과자를 공짜로 주기도 했다. 나는 과자를 받은 사실이 기분 좋아, 집으로 와 어머니에게 자랑하곤 했다. 당연히 어머니의 표정은 좋지 않았다. 빚쟁이에게 과자를 받은 것이 뭐가 그리 좋다고 그렇게 기뻐했을까. 지금 생각해보면 나는 어머니의 아픈 속도 헤아리지 못한 철없는 아들이었다.

어떤 날은 어머니가 통장 아주머니에게 돈을 덜 준 적이 있었다. 아주머니는 돈을 가져온 내가 있는 앞에서 우리 집에 전화를 걸었다. 그러곤 어머니에게 왜 돈을 다 주지 않느냐고 고함을 치다가 심지어 욕까지 하는 것이었다. 나에게는 항상 친절했지만, 어머니에게 모욕적인 말을 퍼붓는 아주머니를 보며, 어린 마음에도 울컥 화가 치밀었다. 내가 집에 왔을 때 어머니는 속상하셨는지, 슬피 울고 계셨다. 그런 어머니를 보니 억울하고 비참했다. 어린 내가 어머니에게 해줄 수 있는 게 아무것도 없다는 사실에 나는 또다시 비참함을 느꼈다.

내가 중학교에 진학할 즈음, 아버지의 막내 남동생, 그러니까 작은아버지가 5급 행정고시에 합격했다는 소식이 들려왔다. 아버지는 전라도에서 3남 2녀 중 장남으로 태어나셨다. 가난한 가정형편으로 인해 한창 공부해야 할 나이에 객지로 나와 돈을 버셨다고 한다. 거나하게 술에 취하면 나에게 "나는 공부에 한이 맺힌 사람이야"라고 한탄하듯이 말하곤 하셨다. 그래서인지 아버지는 동생의 고시 합격 소식을 너무 자랑스러워하셨다. 나에게 작은아버지가 어린 시절에 어떻게 살았고, 얼마나 독한 사람인지 이야기해주셨다. 마치 너도 그렇게 열심히 살아야 한다고 강조하시는 것처럼.

하루는 학교에서 가정환경조사서를 작성해오라고 했다. 조사서는 나의 장래희망과 부모님이 나에게 원하는 장래희망을 기재하게 되어 있었다. 나는 아버지에게 내 장래희망을 뭐라고 적으면 되냐고 여쭤보았다. 아버지는 "공무원이라고 써라. 공무원처럼 안정적인 직업을 가지는 것이 좋아"라고 말씀하셨다. 아버지는 내가 작은아버지처럼 공무원이 되어 안정적인 생활을 했으면 해서 그렇게 말했다고 하셨다.

어머니는 가끔 나에게 외삼촌에 대해 말씀하셨다.

"외삼촌을 봐라. 외할머니를 모시고 살면서 회사도 잘 다니고 있어. 아침저녁으로는 외할머니가 밥을 차려주시고. 너희가 빨리 학교를 졸업하고 회사에 취직해서 너희 밥을 차려주는 게 엄마 소원이야."

나는 부모님이 가난 때문에 자주 다투신다는 것을 알고 있었다. 아마도 어머니는 당장 먹고사는 것이 힘들어, 나에게 빨리 취직했으면 좋겠다고 말하셨을 것이다. 그래서인지 어머니는 장남인 나에게 많이 의지하셨다. 이런 사정 때문에, 나는 고등학교 졸업 후 바로 취직할 의향으로 실업계 고등학교에 진학했다. 하지만 졸업해보니, 고졸 출신을 받아주는 좋은 회사는 거의 없었다.

나는 가난한 형편에 부대끼며, '내가 안정적인 직업을 갖고 있었다면, 집안 형편이 좋지 않았을까? 어머니도 덜 고생하시지 않았을까? 우리 집 많은 빚도 내가 갚을 수 있지 않았을까? 부모님 사이가 좋지 않았을까?' 하고 생각하기도 했다. 그러곤 10대와 20대를 지나며 여러 현실의 한계에 부닥치면서 안정적인 직업이 중요하다는 것을 절실히 실감하게 되었다.

나는 누구나 다 가지고 있는 대학 졸업장이나 자격증 같은 스펙조차 갖추지 못했다. 이런 내가 택할 수 있는 직업은 스펙을 따지지 않는 공무원뿐이라는 생각이 들었다. 그러다 우연히 파출소에서 근무하는 경찰관을 보게 되었다. 나는 조금 더 그 직업에 관심을 기울여보았다. 그러자 순찰차를 타고 사이렌을 울리며 출동하는 경찰관, 범인을 검거하는 경찰관, 때로는 시민들과 웃으며 대화하는 경찰관 등 경찰의 다양한 면모가 눈에 들어왔다.

그러면서 나는 다른 공무원에게서는 볼 수 없는 경찰관 특유의 매력을 느꼈다. 내가 경찰이 되면 뜻깊은 일을 할 수 있겠다는 생각이 들었다. 나는 경찰이 되리라, 다짐했다. 나는 경찰에 입직하기 위한 도전에 나섰다. 그리고 우여곡절 끝에 합격해 10년째 근무 중이다.

나는 처음부터 경찰을 꿈꾸지는 않았다. 하지만 누구보다도 더 이 직업에 대한 자부심과 사명감이 있다. 많은 사람을 도와주며 보람을 느끼고, 인생의 소중한 것을 배우고 있다. 그것이 지금의 내 모습이다.

나를 절망하게 만든 것들

어린 시절, 나는 자신감이 부족한 아이였다. 학교 수업 때 발표하는 시간이 힘들었다. 친구들 앞에 서면 목소리가 떨리고 얼굴이 빨갛게 달아올라 말을 제대로 할 수 없었다. 나는 이런 내가 답답하게만 느껴졌다. 그래서인지 남들 앞에서 당당히 발표하는 친구들을 볼 때면 내심 부러웠다.

초등학교 3학년, 내가 열 살 때의 일이다. 어린 나에게 평생 잊을 수 없는 상처로 남은 날이었다. 밤 9시쯤, 부모님은 일하시느라 귀가하지 않았고, 집에는 나와 남동생만 있었다. 어린 마음이라 그랬던 것일까? 밤에 부모님이 계시지 않아 영 불안하고 마음이 안정되지 않았다.

남자 형제들이 흔히 그러하듯, 나와 동생도 격한 장난을 치곤 했다. 그날도 서로 바닥을 구르며 레슬링을 했다. 안방에서 한참을 그렇게 놀던 중, 내 몸이 그만 장롱과 세게 부딪치게 되었다. 바로 그때, 장롱 위에 보관해둔 커다란 유리 쟁반이 누워 있는 내 얼굴을 향해 떨어졌다. 내 몸과 장롱이 부딪쳐 생긴 진동으로 그 위에 있던 쟁반이 떨어지고 만 것이다.

'쾅' 하는 소리와 함께 나는 내 얼굴, 특히 코 부분에 강한 충격을 느꼈다. 너무 갑작스러워 통증조차 느낄 수 없었지만, 뭔가 크게 잘못되었다는 불길한 느낌이 엄습해왔다. 나는 누운 채로 조심히 주위를 둘러보았다. 내 얼굴 좌우에 깨어진 유리 쟁반 조각들이 널브러져 있었다. 나는 더욱 불길한 느낌이 들었다.

다시 한번 주변을 살피다 이번에는 안방 문 앞에 서 있는 동생과 눈이 딱 마주쳤다. 동생은 손으로 내 얼굴을 가리키며 하얗게 질린 얼굴로 "형, 코에서 피가 나!"라고 말했다. '큰일 났구나' 하는 생각과 함께 내 손으로 코를 만져보니, 뭔가 찐득한 감촉이 느껴졌다. 이번에는 코를 만진 손을 눈앞에 들어 올려보았는데, 새빨간 피가 잔뜩 묻어 있는 것이었다.

"아악! 도와주세요!" 너무 놀란 나는 자리를 박차고 일어나 거실로 나가며 소리쳤다. 동생은 동네 아주머니에게 도움을 청하러 밖으로 뛰쳐나갔다. 고개를 앞으로 숙인 채 양손으로 코를 움켜잡고 있는데, 그 사이로 피가 뚝뚝 떨어졌다. 욱신욱신 통증까지 느껴졌다. 그제야 내가 당한 큰 사고가 실감이 났다.

동생과 함께 앞집에 사시는 아주머니가 급히 오셨다. 아주머니는 나를 마룻바닥에 눕히고는 수건으로 피를 닦아주셨다. 아버지에게 연락도 해주셨다. 잠시 후, 아버지가 와서 나를 업고 병원으로 데려갔다. 우리 집에서 택시를 타려면 골목길을 한참 내려가야 하는데, 고맙게도 아버지와 나를 본 동네 아저씨가 함께 나를 들고는 택시 정거장까지 데려다주셨다.

내가 간 병원은 인천 남동구에 있는 길병원이었다. 나는 응급실에서 몇 가지 검사를 받은 후, 아버지와 초조하게 결과를 기다렸다. 그런데 의사로부터 청천벽력 같은 소리를 듣게 되었다. 코뼈와 안에 있는 물렁뼈 모두 부러졌다는 것이었다. 또한, 출혈도 심하고, 상처 부위도 커 수술이 불가피하다고 했다. 나는 입원 후 다음 날 있을 수술을 기다리면서 병실에서 지쳐 잠들었다.

수술하기 전 아침, 잠에서 깨어보니, 내 옆에 어머니가 앉아 계셨다. 어머니는 나에게 집에 자신이 없어서 이런 일이 일어났다고, 미안해하시며 울고 계셨다. 나는 전날 피를 많이 쏟아서인지, 수술 전 금식 때문인지, 기운이 없어 말하기도 힘들었다. 하지만 속으로는 나로 인해 속상해하시는 어머니에게 죄송했다. 또한, 한편으로는 어머니가 너무 보고 싶었는데, 내 옆에 계신 것을 보니 어린 마음에 큰 위안이 되었다. 그날, 5시간에 걸쳐 진행된 수술은 무사히 끝났고, 나는 다시 병실로 돌아오게 되었다.

전신마취를 해서인지 수술 후에 정신을 차리기가 매우 힘들었다. 기운을 차리고, 어머니의 부축을 받으며 화장실로 용변을 보러 갈 때였다. 거울에 비친 내 얼굴을 슬쩍 보게 되었다. 순간 나는 소스라치게 놀랐다. 내 얼굴이 괴물처럼 보이는 것이었다. 주먹 크기로 부은 코, 콧등에 선명한 두 줄 봉합 자국, 콧속에 넣은 솜, 내 모습은 마치 프랑켄슈타인 같았다. 거울을 보다 나도 모르게 어머니 앞에서 하지 말아야 할 말을 했다.

"엄마 내 코 어떻게 해? 괴물 같아…."

그것도 잠시, 나는 퇴원하고 다시 등교했다. 그때 나를 위로해준 친구도 몇 있었지만, 대부분 위로는커녕 내 코를 보고 "너 코뿔소 같아", "징그러워"라며 놀려댔다.

중학교에 와서 내 코 흉터는 더 큰 놀림거리가 되었다. 코뿔소였던 별명이 이제는 '콧잔등'이 되었다. 그러곤 이어서 '잔등이', '잔득이'라고 불렸다. 심지어는 '짠득이'라는 별명까지 생겼다. 나는 이런 별명들이 너무 듣기 싫었다. 들을 때마다 괜히 주눅이 들었다. 밖에 다닐 때면 누가 내 코 흉터를 볼까 봐 고개를 푹 숙이곤 했다. 이것이 내가 밑바닥 같은 자존감을 가지게 된 배경이다.

이런 이야기가 누군가에게는 단순한 웃음거리일 수도 있다. 하지만 나는 가슴에 사무칠 정도로 마음의 상처가 되어 지금까지도 기억에 남아 있다. 흉터는 현재 많이 지워졌지만, 그래도 일부 흔적이 남아 있다. 그러나 더는 코 흉터가 나의 콤플렉스가 되지는 않는다.

내가 길병원에 입원했을 때, 같은 병실을 사용하던 고등학생 누나가 있었다. 내 어렴풋한 기억으로는 굉장히 친절하고 미모가 뛰어났다. 사고로 넘어진 누나의 다리 위로 버스가 지나가는 바람에, 누나는 한쪽 다리를 절단하게 되었다. 무릎 바로 아랫부분까지 말이다.

누나는 평소 친구들에게 인기가 많았다. 매일같이 친구들이 문병을 왔다. 친구들에게서 받은 과일, 과자를 내게도 나누어주곤 했다.

내가 입원해 있는 동안, 나는 그 누나에게서 슬픈 미소를 본 적이 없다. 한쪽 다리가 없어진다면 보통 사람은 좌절했을 텐데, 누나는 그렇지 않았다. 내가 풀 죽은 모습을 보일 때면, 함께 놀아주며 이런 말을 하곤 했다.

"나는 비록 다리를 절단했지만, 무릎 아래까지는 있잖아. 무릎이 있어서 다리를 구부렸다 폈다 할 수 있고. 그래서 이마저도 감사하게 생각해. 그러니까 재형이, 너도 힘내."

나는 내 얼굴이 괴물 같다며 처지를 비관하곤 했는데, 그 누나는 그러지 않았다. 그 상황에서도 긍정적인 마음을 잃지 않았던 셈이다. 그때 나에게 해주었던 누나의 말이 마흔 살이 넘은 지금까지도 큰 힘이 되곤 한다.

내가 중학교에 진학하고도 우리 집 형편은 크게 달라지지 않았다. 아니, 오히려 더 가난해졌다. 나는 반 친구들이 흔히 입는 브랜드 옷 하나 사 입어본 적이 없었다. 그러다 보니, 반 아이들과 제대로 어울리지 못했다. 중학교 3학년 때는 등록금 1년 치를 내지 못해, 담임선생님이 조용히 부르기도 했었다. 나는 어머니에게 등록금 이야기를 했지만, 형편이 어려운 우리 집으로서는 등록금을 낼 방법이 없었다.

중학교 3학년 때 과학 선생님이 주관하시는 중창단 동아리에 든 적이 있다. 학교 복도를 지나다가 우연히 과학 선생님을 만났는데, 선생님은 나에게 이렇게 말씀하시는 것이었다.

"재형아! 너 동생이랑 둘 다 등록금 못 내고 있었더라. 선생님이 다 냈으니까 걱정하지 마. 지금은 힘들어도 견디다 보면, 단련되어 언젠간 정금같이 될 거야. 힘내!"

내가 등록금을 내지 못하고 있다는 것을 어떻게 아셨을까? 담임선생님도 아닌 동아리 담당 선생님이 나를 도와주시다니, 더군다나 동생의 등록금까지 말이다. 너무나 감사했다. 어머니에게 이 사실을 알리자, 어머니는 선생님께 전화를 걸어 몇 번이고 감사하다고 하셨다.

그때는 내가 어려서 감사 표현을 제대로 하지 못했다. 하지만 언젠가 꼭 은혜를 갚으리라 다짐해왔다. 성인이 되어 경찰에 입직한 후, 선생님을 찾고 싶어 중학교에 연락을 취해보았다. 학교에서는 선생님이 교직을 그만두고 미국으로 유학을 가셨다고 했다. 지금은 교회 목회자로 계신다는 소식만 들었을 뿐, 어디 계신지 찾을 방법이 없다. 죄송하게도 아직도 은혜를 갚지 못하고 있다.

나는 어린 시절 당했던 끔찍한 사고와 가난으로 인해 절망적인 시기를 보내야 했다. 하지만 나에게 긍정적인 마음을 가지라고 응원해준 누나, 물질적·정신적인 도움을 준 과학 선생님을 생각하며 지금도 힘내고 있다. 절망적인 어린 시절이었지만, 이런 분들의 도움이 있어 내가 지금까지 삶의 힘듦을 이겨온 것이라 믿는다.

내가 방황해야 했던 이유

내 나이 열아홉 후반, 수능시험이 있던 날이었다. 모두가 수능시험을 보는 학생들을 향해 응원과 축복의 메시지를 보냈다. 하지만 그날은 내가 처음 공장에 출근한 날이었다. 내가 취직한 곳은 인천 남동공단에 있는 작은 공장인데, 부탄가스 부품을 만드는 곳이었다. 새벽같이 일어나 통근버스를 타고 출근했다. 수능시험 날, 시험장이 아닌 공장으로 출근하는 것이 굉장히 쓸쓸하고 날씨마저 유난히 춥게 느껴졌다.

통근버스 라디오에서는 수능시험을 보는 학생들을 응원하는 메시지와 노랫소리가 들렸다. 착잡하기만 했다. 출근해서 처음 해본 공장일은 생각보다 힘들었다. 환경도 열악했다. 그날 고된 일을 마치고 밤 9시가 넘어서야 퇴근했다. 집에 와서 TV를 보니, 역시 수능시험에 대한 방송뿐이었다.

집에서 부모님과 저녁 식사하고 있을 때 아버지는 나에게 "다른 친구들은 수능시험 보러 갈 때, 우리 아들은 회사에 출근했구나"라고 말씀하셨다. 아버지의 눈에는 착잡함이 묻어 있었다. 마치 나에게 미안하다고 하시는 것 같았다. 그 순간, 나는 괜히 서러워 눈물이 날 것 같았다. 부모님께 우는 모습을 보여주기 싫어, 밥도 먹는 둥 마는 둥 하고, 재빨리 내 방으로 들어왔다.

그날 친구들과 만나려고 약속했지만, 수능시험과 대학 이야기만 늘어놓을 게 뻔해서 나는 친구들을 만나지 않았다.

고등학교 졸업 후, 친구들이 하나, 둘 대학에 입학했다는 소식이 들려왔다. 그들과 나의 격차가 점점 더 벌어지는 것만 같았다. 왠지 나 혼자 뒤처지는 것 같아서 억장이 무너져내렸다. 세상에서 나만 소외된 것처럼 느껴졌다. 이런 이유로 학벌에 대한 내 열등감은 더욱 깊어졌다.

스무 살이 되자 나도 대학에 가야겠다는 굳은 결심을 했다. 다니던 공장도 과감히 그만두었다. 어머니께 대학에 가고 싶다고, 도와달라고 부탁했다. 하지만 수능시험을 보려면 재수학원에 등록해야 하는데 당장 학원비가 걱정되었다. 그리고 대학 등록금도 미리 걱정되었다. 그래도 아들의 결심이 잘 전달된 것인지, 어머니는 공부하라고 하셨다. 결국 어머니의 도움으로, 나는 인천 주안에 있는 재수종합반 학원에 등록했다.

재수학원 과정은 실업계 고등학교에서 배운 것과 차원이 달랐다.

내가 따라가기에 생각보다 벅찼지만, 새로운 도전은 나에게 큰 즐거움이었다. 공부하는 게 행복했다. 늦은 만큼 더욱 노력했다. 하지만 그것도 잠시, 잔인한 현실은 나를 다시 절망에 빠뜨렸다.

우리 집은 내가 어릴 때부터 자주 이사를 했다. 스무 살 때는 반지하에서 월세로 살았었다. 여름에 심한 장마가 오면 빗물이 집 안으로 들어와 고생하곤 했었다. 경찰에 입직한 뒤, 당시 내가 살았던 집, 관할 지구대에서 근무한 적이 있었다. 순찰하며 그곳을 지나가던 중, 아직도 그 집이 그대로인 것을 보고 예전에 힘들었던 기억을 다시 떠올리곤 했다.

우리 집 사정은 더욱 어려워져, 반지하 집에서도 나와야 했다. 성인이 된 나와 우리 가족이 집 없이 떠도는 신세가 된 셈이었다. 당시 집 없는 사람이 과연 얼마나 될까? 그런데 바로 우리 가족에게 그런 터무니없는 일이 생기고 만 것이다.

어렵게 방법을 모색하던 중, 어머니의 이모가 기쁜 소식을 알렸다. 자신이 운영하는 여관에서 지내도 좋다고 하셨다. 대신 여관 영업을 해주는 조건이었다. 이것저것 가릴 수 없던 우리 가족은 여관으로 이사했다. 부모님은 카운터 안쪽 작은 쪽방을 사용하고, 동생과 나는 1층에 있는 객실을 방으로 쓰기로 했다. 여관 103호가 내 방 번호였다.

여관에서 나오거나 들어갈 때마다 나를 보는 사람들의 시선이 싫었다. 여관에 얹혀 지내는 게 창피했다. 그래서 친구들에게는 우리 집이 여관을 운영한다고 거짓말을 하곤 했다. 더는 가난으로 인해 친구들 앞에서 기죽기 싫었기 때문이다.

나날이 어려워지는 집안 사정으로, 나는 4개월 만에 재수학원을 그만두었다. 대학교 입학의 꿈이 산산조각이 난 것이다. 화가 나고 이 모든 게 억울하기만 했다. 부모님의 마음을 헤아리지 못한 것은 아니었지만, 어려운 현실을 극복하는 게 스무 살 청년에게는 결코, 쉽지 않았다.

학원을 그만둔 나는 부모님과의 사이가 점점 나빠졌다. 술집과 호프집에서 일하며 그곳에서 만난 친구들과 새벽까지 술을 퍼마셨다. 어떤 날은 아침까지 마시기도 했다. 맨정신으로 견디기 힘들어, 매일같이 술에 취해 집에 들어갔다.

하루는 술을 마시고 새벽에 집에 들어갔는데, 그날따라 어머니가 주무시지 않고 있었다. 술 취한 나를 본 어머니는 늦게 들어왔다고 하시며 혼내셨다. 평소에는 대들지 않았을 내가, 그날따라 술기운 때문에 오기가 생긴 것인지, 감정을 주체할 수 없어 어머니께 심하게 대들었다.

"내가 늦게 들어오든 말든 엄마가 무슨 상관이야! 내 인생에 상관하지 마!"라고 소리치고는 방으로 들어가버렸다. 내가 큰소리 내는 것을 들은 아버지가 거실로 나와서 "엄마한테 무슨 말버릇이야!"라며 혼을 내셨다. 나는 그 말도 무시한 채 방문을 잠가버렸다. 그러곤 그대로 침대에 엎드렸다.

술기운은 올라오는데 잠이 오질 않았다. 이상하게 내 정신은 또렷했다. 거실에서는 어머니의 우는 소리가 들려왔다. 또다시 가슴이 미어졌다. 내가 어머니에게 상처를 드린 것만 같아 죄송했다. 한편으로는, 나만 이렇게 사는 게 억울하고 분해 눈물이 흘렀다. 그날은 울면서 잠이 들었던 것 같다.

다음 날, 아침 어머니가 자고 있던 나를 깨우면서 말씀하셨다.

"이렇게 살지 말고 차라리 군대를 먼저 다녀오는 것이 어떻겠니?"

대한민국 남자라면 누구나 병역의 의무가 있다. 하지만 나는 학벌, 경력도 갖추지 않은 채로 입대하고 싶지 않았다. 전역하면 나이가 들어 그때는 정말 아무것도 하지 못할 것만 같았기 때문이다.

나는 어머니가 나를 골칫거리로 여긴다고 느껴졌다. 그래서 군대라도 보내려고 한다는 생각이 들었다. 마침 출근 준비하던 동생까지 한심한 표정으로 나를 보며 "형, 나도 일 다니는데 형은 대체 뭐 하고 사는 거야?"라고 말했다. 동생마저도 나를 비난하는 것이었다.

"너도 나를 무시하는 거야?" 나는 다시 폭발했다. 간신히 억누르던 감정이 동생의 한마디에 다시 터져버린 것이다. 그날 어머니 앞에서 동생과 심하게 다투었다. 어머니는 나와 동생을 뜯어말리셨다. 그런데 오히려 문제아인 나보다 형에게 대들지 말라면서 동생을 더 크게 나무라셨다. 어머니는 그렇게 못난 큰아들 편을 들어주셨다.

사실 어머니와 동생이 한 말은 틀린 게 없었다. 나는 큰소리칠 자격조차 없었다. 그렇지만, 스무 살의 나는 세상에서 내가 제일 불행하다고 생각했다. 가난한 집안 배경과 남의 탓만 했다. 원망만 할 줄 알았지, 무엇 하나 내 힘으로 극복하려고 노력해보지 않았다. 그때의 나는 학벌에 대한 열등감을 견딜 수가 없었다.

경찰에 입직한 지금의 나는 여전히 고졸이다. 하지만 굳이 대학에 가고 싶은 생각은 없다. 학벌의 필요성 역시 크게 느끼지 못한다. 학벌을 갖추지 못했다는 열등감도 현재는 남아 있지 않다.

나는 비록 고졸 출신이지만, 경찰관으로서 누구 못지않게 능력을 발휘하고 있다. 학벌은 경찰관에게 필수 조건이 아니다. 자격증처럼 다양한 스펙 중 하나일 뿐이다. 나처럼 학벌, 스펙 없이도 누구나 도전한다면 경찰이 될 수 있으니까 말이다.

최악의 상황에서 경찰에 도전하다

나는 성인이 되고도 제대로 된 회사에 다니지 않았다. 술집 아르바이트만 전전긍긍하며 방탕하게 살았다. 한심하게도 방황만 했다. 하지만 더는 이렇게 직업도 없이 살기 싫었다. 그래서 고민 끝에 직업군인으로의 입대를 결정했다. 다행히 고등학교 때 토목과를 전공한 덕분에, 공병 병과 지원 자격을 갖출 수 있었다. 그래서 나는 육군 부사관에 지원했다.

부사관은 훈련 기간 3개월을 제외하고 4년을 의무 복무한다. 복무 중에 희망자는 장기 복무에 지원할 수 있다. 복무 심사에 통과하면, 안정적인 월급을 받으며 평생 군인으로 생활하게 된다. 이런 장점이 나에게는 매력으로 느껴져, 부사관을 지원한 것이다. 스물두 살 여름, 나는 부사관 교육을 위해 논산훈련소에 입소했다.

군생활은 평소 내성적인 나에게는 쉽지 않았다. 다양한 사람들이 모인 곳이니 더욱 그랬던 것 같다. 특히 나는 향수병이 심했다. 부모님과 떨어져 있는 게 견딜 수 없이 힘들어 항상 집을 그리워했다. 부대에서는 상사들 비위를 맞추기가 쉽지 않았다. 태생이 내성적이라 그런지, 상명하복을 중요하게 여기는 군인 특유의 인간관계는 적응하기 어려웠다.

그래도 월급날만은 좋았다. 내 첫 월급은 130만 원이었다. 이 정도면 나쁘지 않은 액수였다. 앞으로 계속 올라갈 월급을 생각하니 기분이 좋았다. 오히려 전에 다닌 공장보다 직업군인이 더 나아 보였다. 나는 월급으로 적금에 가입하고, 부모님께 생활비도 드렸다. 이제야 떳떳한 아들이 된 것만 같아 뿌듯했다. 무엇보다, 내게도 안정적인 직업이 생겼다는 게 너무 기뻤다.

적응하기 어려울 것만 같았던 군생활도 점차 적응해갔다. 시간이 흐른 만큼 월급도 올랐다. 하루는 부모님께서 나를 보러 부대에 찾아오신 적이 있었다. 나는 부대 근처 오리고기 식당에 두 분을 모시고 갔다. 식사 도중에 부모님은 나에게 장기 복무하는 것이 어떻겠냐고 말씀하셨다. 나는 곰곰이 생각했다. 솔직히 전역하면 이곳보다 더 좋은 회사에 취직할 자신이 없었다. 군인 정도의 봉급이면 괜찮다는 생각도 들었다. 그래서 나는 장기 복무를 긍정적으로 생각해보기로 했다.

그러다 우연히 같은 부대 선배가 야간대학을 졸업했다는 말을 들었다. 선배의 말에 의하면 군인은 대학 등록금이 일반인보다 저렴하고,

다양한 특혜가 있다고 했다. '바로 이거다!' 나는 불현듯이 대학에 가야겠다고 생각했다. 대학교에 가고 싶다는 열정이 파도처럼 강하게 밀려왔다. 등록금도 지금의 월급이면 충당할 수 있었다. 대학에 지원하기 위해, 부대 주변에 있는 학교를 알아보았다. 그러곤 강원도 원주에 있는 모 4년제 대학교 경영학과에 원서를 접수했다.

나는 직장인 특별전형으로 대학교에 당당히 합격했다. 늦었지만 나도 대학생이 된다고 생각하니 가슴이 설레었다. 이제 남은 것은 장기 복무 심사뿐이었다. 평생 직업군인으로 복무가 가능하면 학업과 직장 생활을 병행할 수 있을 테니까 말이다. 나는 반드시 두 마리 토끼를 모두 잡고야 말겠다고 다짐했다.

합격의 기쁨도 잠시, 나는 결국 장기 복무 심사에 탈락하고 말았다. 내가 잘되는 게 싫은 것일까. 누군가가 나를 방해하는 것만 같았다. 대학 입학도 포기했다. 다음 해에는 군에서도 강제로 전역하게 되었다. 또다시 모든 것이 막막해졌다.

'사회에 나가서 어떤 일을 해야 하지? 여기보다 좋은 회사에 취직할 수 있을까?'라는 생각에 한숨만 나왔다.

2008년 9월, 내 나이 스물여섯 살에 전역했다. 그나마 지인 소개로, 인천 동구에 있는 두산인프라코어 하청 업체 공장에 취직할 수 있었다. 두산이라는 대기업 회사 안에 수십 개의 하청 공장이 있었는데 나는 그 공장 중 한 곳에 취직한 것이다. 그곳에서 자동차 엔진 부품의

생산직 사원으로 일했다.

근무체계는 2교대였다. 일주일 단위로 주간과 야간을 번갈아가며 일했다. 생산직 업무라 상당히 고되고, 작업 환경도 썩 좋지 않았다. 오히려 군에 있을 때가 더 좋았다고 느껴질 정도였다. 한 가지 좋았던 것은 폐쇄적인 군생활과 달리, 사회생활에는 자유로움이 있다는 것이었다.

당시에는 지금의 아내도 만나고 있어 크게 외롭지는 않았다. 회사도 비록 계약직이지만, 몇 년 지나면 정직원이 될 거라고 내심 기대했다. 정직원만 되면 안정적인 직업을 가질 수 있게 되는 것이다. 나는 부푼 기대감을 품고 더욱 열심히 근무했다.

하지만 나의 예상과 달리, 회사 사정이 어려워졌다. 구조조정을 피할 수 없게 된 것이다. 나 역시 그 여파로 퇴사하게 되었다. 회사에 입사하고 3개월 만이었다. 나는 다시 갈 곳 없는 신세가 되었다.

사실 전역 후에는 대학에 갈 생각이 없었다. 그냥 이 회사에서 정직원만 되어 평생직장만 있다면, 그것으로 만족하려고 했다. 이런 바람에도 불구하고, 사회는 고졸 출신인 나를 받아주지 않았다.

지금도 기억나는 게 있다. 공장에서는 식사 시간이면 두산인프라코어 회사 식당을 이용하곤 했다. 많은 하청 업체 직원들이 모두 같은 식당을 이용했다. 나도 그곳에서 점심을 먹었는데, 항상 파란색 작업복 차림과 기름 묻은 얼굴로 갔다. 씻는다고 씻었지만 잘 지워지지 않았다.

식당에는 특별히 눈에 띄는 사람들이 있었다. 그들은 회사 로고가 박힌 멋진 유니폼 차림의 두산인프라코어 직원들이었다. 내가 입은 파란색 작업복과 비교되지 않을 정도로 근사했다. 또한, 그들에게서는 내 얼굴과 손에 묻은 거무튀튀한 기름때조차 보이지 않았다. 내 작업복에는 이름표조차 없었는데, 그들의 유니폼에는 각자의 이름표가 있었다. 대기업 직원이라는 자부심과 소속감이 나에게까지 느껴졌다.

나는 그들을 선망의 대상으로 바라보곤 했다. 한편으로는 비참한 기분이 들기도 했다. 그들은 대기업 정직원, 나는 계약직, 그것도 하청업체 계약직이었으니 말이다. 모두 나와 비슷한 또래인데, 직업에 따라 사회적 위치가 달라진다는 사실이 현실로 와닿았다. 내가 작고 초라하게 느껴졌다. 그래서인지, 나는 그들을 볼 때면 항상 주눅이 들곤 했다.

퇴사하고 나니, 또다시 앞길이 막막해졌다. 내 나이 스물여섯, 평생 직업이 필요한 나이였기 때문이다. 나는 앞날에 대해 진지하게 고민했다.

학원 선생님이었던 여자친구는 나에게 "경찰 시험을 보는 것은 어때?"라고 말했다. 사실 나도 전부터 공직생활을 꿈꿔왔다. 특히 경찰 공무원에 매력을 느끼고 있었다. 하지만 바닥같이 낮아진 내 자존감은 도전할 수 없는 이유만 수만 가지 넘게 만들었다.

'4년제 대학교 졸업자들도 떨어지는 게 공무원 시험이라는데, 4, 5년 이상 공부하는 사람도 수두룩하다는데, 실업계 고졸 출신인 내가 그들과 경쟁이 될까?' 나의 실력으로는 불가능하다고 생각했다. 그러자 그녀는 “나 아는 동생도 고졸 출신인데, 경찰 시험에 합격하더라. 학벌 상관없어. 자격을 갖추고 노력한 사람만이 합격하는 게 공무원 시험이야. 너도 도전해봐. 내가 도와줄게”라며 나를 응원했다.

나 같은 놈이 뭐라고 이렇게 용기를 주는지, 여자친구의 말에 기운이 생겼다. 가슴속에서 열정이 샘솟기 시작했다. ‘그래! 까짓것 한번 도전해보리라’ 다짐했다. 더는 환경 때문에 포기하지 말고, 내 가슴이 시키는 일을 해보자고 마음먹었다.

나는 어머니께 회사 퇴직 사실을 알렸다. 예상한 대로, 실망한 표정이 역력했다. 하지만 어쩌겠는가. 회사에서 강제 퇴직당한 것을. 그러고는 조심스레 경찰 시험에 도전하겠다는 말을 꺼냈다. 내심 응원해줄 것을 기대했지만, 어머니는 “정말 할 수 있겠니? 고시만큼 어려운 시험이라는데”라며 걱정하셨다.

어머니의 걱정은 당연했다. 그동안 나는 공부를 잘하지도, 한 가지에 끈기 있게 몰입한 적도 없었으니 말이다. 이런 모습만 보셨기에 흔쾌히 응원하기 어려웠을 것이다. 그리고 최소 1년, 아니 그 이상의 기간을 수험생으로 지내게 될 터인데 무조건 된다는 보장도 없으니, 많이 답답하셨을 것이다.

“엄마, 내가 군생활하며 모아둔 돈이 좀 있잖아. 그 돈으로 강의와 독서실 비용은 낼 수 있어. 내가 정말 하고 싶은 일이야. 우리 집에 손 벌리지 않을게. 딱 한 번만 응원해줘.”

어머니는 나를 이기지 못하고 마지못해 허락하셨다. 그러곤 이렇게 말씀하셨다.

"다시 살얼음판을 걷는 기분이 들어."

어머니의 적극적인 응원을 바란 것은 아니었다. 하지만 믿어주지 않아 내심 서운했다. 가까운 가족조차 응원해주지 않았을 정도로 그때 나에게는 모든 것이 최악이었다.

하지만 그동안 나에게 좋았던 상황이 있었는지 생각해보았다. 나는 과거에도 좋지 않았고, 현재도 좋지 않았다. 하지만 미래만은 달라져야 하지 않을까? 어쩌면 내가 미래를 바꿀 수도 있지 않을까?

나는 기죽지 않기로 다짐했다. 그러자 더 큰 오기가 발동했다. 경찰에 대한 내 마음의 열정의 불꽃이 타올랐다. 그렇게 나의 험난한 경찰 수험생활은 시작되었다.

내가 만든 인생에 변명하지 마라

새로운 도전은 언제나 설렌다. 이제 경찰 시험에 도전한다고 생각하니 가슴이 뛰었다. 본격적으로 공부하기 전에 수험 정보가 필요했다. 나는 어떤 강사의 책을 사야 할지, 어떤 공부 방법으로 할지, 공부 장소는 어디로 할지, 기본적인 계획도 세우지 못한 상태였다.

우선 공무원 수험생의 메카라 불리는 노량진을 가보기로 했다. 그곳에 있는 서점에서 직접 보고 마음에 드는 교재를 구매하기로 했다. 그때 내가 보았던 노량진 분위기는 어마어마했다. 역에서 내려 육교를 걸어가며 본 풍경은 지금도 잊을 수 없다. 사방에 고시학원 건물들이 우후죽순으로 있었다. 사람들은 왜 그리 많은지, 걸어가며 이리 치이고 저리 치였다. 왠지 그들 모두가 수험생처럼 보였다.

TV에서 봤던 고시 식당에서 밥도 먹어봤다. 한식 뷔페였는데 생각보다 맛도 훌륭했다. 속으로 '수험생활도 나쁘지 않겠구나'라는 생각마저 들 정도였다.

노량진에는 서점도 많았다. 대부분 공무원 관련 교재를 중심으로 판매하는 곳이었다. 나는 한 서점에 들어가서 경찰공무원 교재를 주의 깊게 살폈다. 그런데 이게 뭐지? 내가 보고 있는 책들이 정말 순경 시험용 교재가 맞는 것인가? 책이 두꺼워도 너무 두꺼웠다. 과목마다 기본서 한 권이 1,000페이지에 육박하거나, 그 이상인 경우가 수두룩했다. 이것을 어떻게 봐야 하나 걱정되었다. 한편으로는, '경찰이라면 이 정도 두께의 책은 봐야지'라며 스스로 응원하기도 했다.

나는 형편상, 노량진에서 공부하지 못했다. 그곳에서 드는 학원비와 식비, 고시원 비용만 해도 매달 100만 원을 훌쩍 넘기 때문이다. 그래서 내가 사는 동네의 시립도서관과 독서실을 오가며 이용하기로 했다. 강의도 동영상 강의로 대체했다. 어설펐지만, 나의 첫 시작은 그리 나쁘지 않았다.

슬럼프. 수험생에게 찾아오는 무서운 질병과도 같은 것이, 바로 슬럼프다. 내가 다닌 독서실은 상가 건물 8층에 있었다. 나는 독서실에서 느껴지는 분위기가 싫었다. 갑갑하고, 우울하고, 어둡고, 음침하고, 무엇보다 외롭고 쓸쓸했다. 어느 날부터 이곳에서 탈출하고 싶고, 나가서 자유로움을 만끽하고 싶었다. 특히 화창한 날이면 자유를 갈망하는 마음은 더욱 심해졌다. 나에게 슬럼프가 찾아온 것이다. 나는 결국 슬럼프를 이기지 못했다.

다음 날 독서실 문이 열리자, 가방을 두고 바로 그곳을 나갔다. 그렇게 내가 간 곳은, 같은 건물 5층 PC방이었다. 1시간에 1,000원이지만, 5,000원을 내면 무려 7시간을 이용할 수 있었다. 나는 같이 공부하던 친구와 마음이 맞아 매일같이 PC방에 갔다. 평소 하루에 만 원만 쓰기로 했는데, 5,000원을 PC게임 하는 데 투자한 것이다.

정신없이 게임을 하고는 다시 독서실로 갔다. 하지만 이미 나사가 풀릴 때로 풀려 공부가 제대로 될 리가 없었다. 부모님은 내가 열심히 공부한다고 생각하실 텐데, 나는 아니었다. 그렇게 나의 이중생활은 계속되었다.

사실 나는 게임을 좋아하지 않는다. 경찰에 입직한 후, PC방을 가서 예전에 했던 게임을 해본 적이 있다. 그런데 너무 재미가 없는 것이다.

나는 게임을 즐긴 게 아니었다. 힘든 수험생활을 이기지 못하고 도망친 것이다. PC방을 나의 도피처로 삼았던 셈이었다. 그렇게 1년을 허송세월하며 보냈다. 모아둔 돈도 거의 바닥나서, 독서실비와 식비를 내기도 빠듯했다. 답답하고 짜증이 났다. 할 수 없이 집에 손을 벌리게 되었다. 그런 상황에서도 여전히 정신 차리지 못하는 내가 경멸스럽기까지 했다.

나는 수험생활 중에도 정신 차리지 못하고 가끔 친구를 만나 술을 마셨다. 그러나 그것도 잠시였다. 수험생활이 길어지자, 그들은 조금씩 나의 연락을 피하기 시작했다. 내가 돈이 있을 때는 술값을 내기도 했지만, 돈이 떨어지니 나와 만나려고 하지 않았다. 특히 후배들마저 내 연락을 피할 때면 자존심이 많이 상했다. 군생활 동안 친했던 선배조차 "너, 공부 이제 그만하고 회사 다녀라. 언제까지 되지도 않는 공부만 할 거냐!"라며 다그치기까지 했다.

나는 그들이 내 심정을 이해하지 못한다고 생각했다. 하지만 그때의 내 모습은 내가 봐도 정말 한심했다. 얼마나 한심했으면 나를 피했을까. 나 같아도 그들처럼 행동했을 것이다.

어느 순간, 내 주변을 둘러보았다. 나와 같은 수험생 중에 합격한 사람이 생겼다. 공부할 때는 나처럼 볼품없었는데 합격하자, 그들이 다르게 보였다. 여유가 느껴지고, 옷차림마저 달랐다. 얼굴에서는 광채마저 보이기도 했다.

'저 누나가 저렇게 미모가 괜찮았구나. 저 남자는 볼품없었는데 정말 멋있어졌네.'

나는 그들을 보며 감탄할 수밖에 없었다. 내 주변에 수험생들이 하나, 둘 합격해서 떠나갔지만, 여전히 그대로인 나를 보면 한숨이 나왔다. 나를 믿고 기다리는 부모님과 여자친구에게 미안했다. 나는 다시 정신 차려보자고 다짐했다.

어느 날, 독서실에서 늦게까지 공부하고 집으로 가는 길이었다. 연락이 뜸했던 친구와 전화 통화를 했다. 친했던 친구였다. 그런데 이상한 것은 통화하는데, 예전 같은 친밀함을 느낄 수 없는 것이었다. 그는 나에게 한국자산관리공사 인턴으로 취직했다고 말했다.

"나 대학 졸업하고 지금 공기업에서 일하고 있지. 너는 아직도 공부해? 아직도 그러고 살면 어떻게 하냐?"

갑자기 정신이 번쩍 들었다. 친구의 목소리에서 나를 무시하는 게 느껴졌다. 내가 그에게 무시당할 정도로 최악인가 싶었다. 나는 더 이상 통화하고 싶지 않아 전화를 끊었다. 그러곤 그 자리에서 내 핸드폰의 친구들 번호를 모두 지워버렸다. 특히 나를 무시하고 피했던 사람들 위주로 번호를 싹 다 지워버렸다. 가입한 SNS도 전부 탈퇴했다.

친구가 나에게 했던 말이 가슴에 사무쳤지만, 나는 무너지지 않았다. 이미 바닥까지 내려간 나는 더 이상 무너질 것도 없었기 때문이다. 가슴속에서는 말로 표현하기 힘든 분노가 끓어 올랐다.

'내가 진짜 합격 못 하는지 어디 두고 봐라!'

나는 나를 무시했던 사람들에게 경찰에 당당히 합격하는 모습을 보여주겠다고 결심했다.

나에게 그 말을 했던 친구와는 현재 둘도 없을 정도로 친하다. 그는 경찰이 된 나를 너무나 자랑스럽게 생각한다. 주변 사람에게도 나에 대해 "내 친구가 경찰이야! 강력반 형사하고 있어!"라며 자랑을 늘어놓곤 한다.

예전에 나는, 나에게 모질게 대한 사람들을 원망했다. 하지만 누구도 탓할 수 없다. 모든 게 내가 만든 것이니까. 되는 대로 살았던 나로 인해 만들어진 삶이니까 말이다.

나는 친구에게 감사함을 느낀다. 그가 했던 말은 내가 다시 열정을 가지도록 동기를 부여했기 때문이다. 지금도 가끔 그를 만나면 그때 일을 추억하며 이야기하곤 한다.

"그때는 참 서운했었지. 하지만 그 말 때문에 내가 독기 품고 공부하게 된 거야. 고맙다. 나 정신 차리게 해줘서."

절박함, 나는 답을 알고 있었다

사람은 누구나 자기만의 습관이 있다. 좋은 습관이라면 더할 나위 없이 좋겠지만, 반대의 경우 고칠 필요가 있다. 예전에 나는 고질적인 공부 습관이 있었지만, 버리지 않았다. 그만큼 고집도 셌다.

나는 수험생활할 때, 나만의 공부 방법을 고집해왔다. 이 방법이 나를 합격으로 이끌어준다고 생각했다.

공부를 시작하기 전에 나는 인천 동구 배다리에 있는 중고 서점을 간 적이 있다. 그 서점은 많은 인기를 끌었던 배우 공유와 김고은 주연의 드라마 〈도깨비〉에도 나왔던 곳이다. 그곳에서 사법고시와 행정고시 합격 수기를 담은 책을 샀다. 독학으로 하는 공부 방법 책도 같이 구매했다. 그 책들을 여러 번 읽어보며 어떻게 공부해야 할지 감을 잡았다. 나는 먼저 동영상 강의로 기본 강의를 한 번씩 수강한 뒤, 고시 합격자들이 흔히 말하는 공부 방법을 적용했다. '고시 합격자들의 방법으로 공부하니까 성적이 좋아지겠지'라고 생각하면서 말이다.

몇 개월 정도 공부하고 학원에서 출제하는 모의고사를 프린트해서 풀어보았다. 그런데 이게 무슨 일인가! 아는 문제가 없었다. 내 실력은 전혀 늘지 않는 것이었다. 합격은커녕 그 수준에도 한참 미치지 못했다. 그래도 나는 실망하지 않았다. 노력과 시간이 부족했던 것이라 생각하고 다시 같은 방법으로 독학했다.

내가 했던 공부 방법은 두꺼운 객관식 문제집을 기본서에 단권화하는 것이다. 객관식 문제를 기본서에서 하나하나 찾아서 정성을 다해 밑줄을 긋고 옮겨 적었다. 이런 단권화 작업만 몇 개월이 걸렸다. 작업이 끝나자 나만의 무기가 완성된 것처럼 기뻤다. 캡틴 아메리카의 방패와 토니 스타크의 아이언맨 슈트 같은 장비가 부럽지 않을 정도였다.

나는 단권화된 기본서를 읽으며 공부했다. 그런데 문제가 생겼다. 내용이 전혀 이해되지 않는 것이었다. 모의고사를 봐도 여전히 점수는 엉망이었다.

'객관식 문제집을 기본서에 단권화하면 문제집 없이 기본서만 봐도 합격한다고 하던데, 왜 점수가 오르지 않지?'라는 의문이 생겼지만, 계속 이 방법을 고수했다. 나중에야 이 방법이 나에게 맞지 않는다는 것을 깨달았다. 경찰 시험이면 그에 맞는 방법으로 공부해야 하는데, 나는 바꾸지 않고 이전의 잘못된 방법과 습관만 고집한 것이다.

내가 공부한 독서실에는 나와 같은 고등학교를 졸업한 1년 선배와 한 살 어린 후배도 있었다. 선배는 필기시험에 합격하고도 최종 불합격되어, 다시 준비하고 있었다. 비록 불합격되었지만, 필기시험 성적만큼은 매우 우수했다. 나는 그의 도움을 받고 싶어 조언을 구했다. 이제는 찬밥, 더운밥 가릴 신세가 아니었으니 말이다.

나의 공부 방법을 들어본 선배는 내가 한참 잘못되었다고 말했다. 차라리 동영상 강의를 여러 번 반복해서 들어보라고 했다. 특히 기본 강의를 강조했다.

'강의는 전에 들었는데, 뭐 하러 또 들어. 이제는 문제를 풀거나 나 혼자 공부하는 거지'라고 생각하며 나는 고집을 꺾지 않고 기존 방식을 고수했다. 하지만 여전히 성적은 오르지 않았다. 그 선배는 다시 나에게 조언했다.

"우리처럼 공부 많이 안 해본 사람들은 강의를 들어야 해. 기본 강의를 배속으로 두 번이고 세 번이고 반복해서 들어봐. 수업 시간에 교수님들 말하는 농담을 외울 정도로 말이야."

그 선배는 그해 다시 도전해서 우수한 성적으로 합격했다. 합격자가 증명한 것이 된 셈이니 나는 더 이상 고집 피우지 않고 그의 말을 따르기로 했다. 낡아 빠진 습관들, 잘못된 방법들을 모두 버리고 다시 시작하기로 했다.

선배의 말대로 기본 강의를 다시 수강했다. 동영상 강의는 배속으로 볼 수 있었다. 처음에는 1배속이었지만, 1.5배속, 1.8배속까지 보게 되었고, 시간이 지나며 2배속까지도 가능해졌다. 그렇게 순식간에 강의를 반복했다. 그러자 그동안 몰랐던 내용들이 머릿속에서 체계가 잡히는 것이었다.

다시 문제를 풀어보았다. 그제야 답이 보이기 시작했다. 나는 왜 합격생들이 노량진의 유명 학원에서 수업을 듣는지, 유명한 교수의 강의와 교재를 보는지 알게 되었다.

나는 동영상 강의를 듣고 그 학원에서 진행하는 모든 커리큘럼을 따라가기로 했다. 문제 풀이 과정까지 모두 수강했다. 나처럼 의지박약에 금방 열정이 식는 사람은 커리큘럼을 따라가는 게 현명하다고 생각했다. 비록 동영상이었지만, 교수님의 말에서 수험생을 향한 따뜻한 진심이 느껴졌다. 수험생 시절, 그 교수님은 나의 멘토였다. 나는 그저 멘토가 하라는 대로만 하면 되는 것이었다. 멘토의 도움과 나의 노력이면 합격하는 데 충분했다. 공부 방법은 사람마다 다양하기에 이 방법이 무조건 옳다는 것은 아니다. 다만 평소 공부와 담을 쌓았던 나에게는 이보다 더 좋은 방법은 없었다.

나중에 시험에 합격하고 중앙경찰학교에서 교육받을 때, 그 교수님을 만난 적이 있다. 교육생에게 특강을 해주기 위해 오신 것이었다. 실제로 보게 되어 너무 반갑고 신기했다. 알고 보니, 주기적으로 중앙경찰학교에 강의하러 오신다고 하셨다. 나는 경찰 제복을 입은 자랑스러운 모습으로 그분과 함께 사진을 촬영했다. 그리고 그 사진은 지금도 간직하고 있다.

공부 방법을 바꾸고 내 성적은 점점 올라갔다. 놀라운 것은 성적이 오르막길 오르듯 천천히 오르지 않았다는 것이다. 마치 엘리베이터가 올라가듯 순식간에 올라갔다. 필기시험에 합격할 수 있겠다는 자신감도 충만해졌다. 드디어 나는 기대감을 품고 2011년 1차 시험을 보러 갔다. 이것이 나에게는 첫 번째 시험이었다.

하지만 어이없게도, 나는 필기시험에 합격하지 못했다. 몇 점 차이로 아깝게 떨어진 것이다. 남들은 영어가 발목을 잡는다는데, 나는 영어 하나만큼은 자신 있었다. 영어는 항상 합격할 수 있는 점수가 나왔으니 말이다. 1년 동안 PC방을 다닐 때도, 오전에 영어 공부는 꾸준히 했었다. 그래서인지 영어보다는 다른 과목의 점수가 부족했다.

처음으로 내 인생에 모든 것을 걸었던 시험이었다. 그런데 불합격의 고배를 마시다니. 가슴이 쓰리다 못해 망가질 것 같았다. 나를 믿어준 부모님께 죄송했다. 그래서 시험 끝나고 집에 바로 가지 못했다. 동인천 바닥을 하염없이 걷다가 문득 앞을 보니 독서실 건물이 보였다. 내가 갈 곳이라곤 독서실뿐이라는 생각에 한숨이 나왔다.

나는 독서실에도 들어가지 못하고 그냥 밖에 서 있었다. 때마침 여자친구에게 전화가 왔다. 그녀는 나의 불합격 소식을 듣고 곧장 나를 만나러 왔다. 독서실 앞 주차장에서 그녀가 차에 앉아 있는 게 보였다. 많이 실망했을 텐데, 나를 보고 미소 지으며 수고했다고 격려까지 했다. 여자친구의 차에 앉자마자, 왈칵 눈물이 쏟아졌다. 창피한 것도 모르고 눈물, 콧물 다 짜내었다. 내가 한심하게 느껴졌다. 남들은 합격하는 시험에 떨어진 게 분했다. 무엇보다 나를 믿어준 모두에게 미안했다. 그래서 하염없이 눈물이 흘렀다.

여자친구는 나를 위로하며 말했다.

"아깝게 떨어졌잖아. 이제 드디어 희망이 보이기 시작하는데. 다시 한번 해보자."

여자친구의 말처럼, 나는 다음번 시험에는 분명히 합격할 자신이 있었다. 내가 살면서 이렇게 자신감을 가졌던 적이 있었나 싶을 정도였다. 이제 경찰 말고는 모든 게 싫었다. 다른 일은 죽어도 하고 싶지 않았다. 무조건 경찰이었다.

그때의 나는 벼랑 끝에 서 있었다. '뒤로 가면 떨어져 죽는 거다.' 그만큼 나는 절박했다. 이제야 내가 어떻게 해야 합격할지, 그 답을 알게 되었다. 절박함이 나를 절실하게 만든 것이다.

수험생활 3년, 드디어 경찰이 되다

내가 공부를 시작한 날은 2008년 12월이었다. 이미 2011년도가 되었으니 2년이 훌쩍 지나버렸다.

나의 불합격 소식을 들은 어머니는 실망이 크셨다. 이제는 회사에 가야 하지 않겠냐고 말씀하셨다. 그런 어머니에게 다시 도전하겠다는 말은 쉽게 나오지 않았다. 그래도 용기를 가지고 말을 꺼내보았다.

"엄마, 시험 떨어져서 미안해. 나 마지막으로 한 번만 더 해볼게. 다음 시험에는 무조건 합격할 거야. 나 자신 있어."

어머니는 망설이셨다. 여자친구까지 어머니께 전화를 드려 설득했다. 한참을 통화한 끝에 어머니가 허락했다. 진짜 마지막으로 열심히 해보라고 하시면서. 너무 죄송하고, 한편으로는 감사했다. 나는 이제 절대 시험에 떨어지지 않을 것이고, 실망시켜드리지 않으리라 다짐했다.

마음을 정리할 틈도 없이, 다시 독서실로 향했다. 공부 방법도 알았고, 시험 경험도 있으니 자신감이 넘쳤다. 학원 교수님을 멘토로 삼고 다시 열심히 공부했다.

벌써 2011년도 2차 시험이 코앞으로 다가왔다. 자신감이 넘쳤는데 막상 시험 보러 간다고 생각하니 긴장되었다. 시험 날 아침, 부모님의 응원을 받고, 시험장에 갔다. 그러곤 긴장 속에서 시험문제를 보았다. 생각보다 익숙한 문제들이 많이 보였다. 그래서인지 전보다 여유를 가지고 문제를 풀었다. 시험이 끝나고 후련한 마음으로 시험장을 나왔다. 최선을 다해서 후회는 없었다. 그날 바로 답안이 공개되었다. 나는 먼저 합격한 고등학교 선배와 같이 공부했던 후배와 함께 답안을 확인했다. 숨을 죽이고 답안을 맞춰보았다.

내 예상대로였다! 고득점은 아니지만, 필기시험에 충분히 합격할 점수였다. 나는 드디어 안도의 한숨을 내쉬었고, 선배는 고생했다고 격려했다. 다만 아쉬운 것은 같이 공부한 동생이 시험에 떨어진 것이다. 하지만 그는 현재 나와 같이 경찰관이 되어 멋지게 근무하고 있다.

필기시험 합격을 확신하고는 집으로 걸어갔다. 그날따라 바람이 시원했다. 소식을 들은 부모님과 여자친구가 많이 기뻐했다. 나를 위해 치킨집에서 축하 파티까지 했다. 아버지께서는 수고했다고 하시며 맥주를 권하셨다. 하지만 술기운에 이 기쁨을 날리고 싶지 않아 마시지 않았다.

경찰은 필기시험이 전부가 아니다. 체력시험과 면접, 인성·적성검사 등 통과해야 할 관문이 한두 가지가 아니다. 필기시험 합격자가 정식으로 발표되고, 본격적으로 체력과 면접을 준비했다. 체력시험은 체대 입시학원에서 준비했다. 면접은 필기 합격자들끼리 스터디 모임을 만들어 준비했다. 독서실에 있지 않고 사람들과 만나서 대화하니 즐거웠다. 모임도 대학교 강의실을 빌려서 했다. 모임원 중 한 사람이 지인의 도움으로 빌릴 수 있었다.

'대학 문턱도 가보지 못했는데. 경찰 필기시험에 합격하니까 대학교 강의실을 한번 가보는구나.'

감회가 새로웠다. 이제 나에게는 대학과 같은 학벌, 스펙 따위는 중요한 게 아니었다. 더 큰 꿈이 있기 때문이다. 스터디 모임은 같은 꿈을 가진 사람들이 모여서인지 서로 통하는 게 많았다. 합격하고 중앙경찰학교에 들어갈 날만을 고대하며 함께 꿈을 키워갔다.

면접 날이 되었다. 경찰 면접은 단체 면접과 개별 면접이 있다. 단체 면접은 수험생 여럿이 함께 보는 집단 면접이다. 나는 단체 면접은 그럭저럭 잘 넘어갔다. 하지만 개별 면접에서 문제가 생겼다. 나를 곤란하게 하는 질문이 많았던 것이다.

한 면접관이 "성격이 좋은 사람과 일을 잘하는 사람 중에 누가 경찰에 더 적합하다고 생각하나요?"라고 질문했다. 나는 연습한 대로 "두 가지 다 중요합니다. 다만 성격 좋은 사람이 경찰에 조금 더 적합하다고 생각합니다. 일은 시간이 지나며 자연스럽게 배울 수 있으니까요"라고 자신 있게 말했다. 그러자 면접 초기부터 나를 매의 눈으로 노려본, 마치 나의 심리를 꿰뚫고 있는 프로파일러 면접관이 다시 질문했다. 큰일이었다! 나에게도 그 무섭다는 압박 질문이 들어온 것이다.

"경찰이라는 직업은 자칫하면 사람의 목숨이 걸린 일이 생기기도 하는데, 능력보다 성격 좋은 사람이 적합하다는 말인가요?"

그녀는 나를 매섭게 노려보며 질문했다. 순간 당황한 나는 할 말을 잃고 멍하니 있었다. 등에는 식은땀이 흘렀다. 이렇게 긍정도, 부정도 아닌 것처럼 두리뭉실하게 말하면 된다고 했는데 그게 아니었나 보다. 나는 기가 죽을 수밖에 없었다. 그러곤 기어들어 가는 목소리로, "면접관님 말씀이 맞는 것 같습니다"라고 했다.

다른 면접관은 내 코 흉터에 대해 물으셨다. 나는 다친 이유에 대해 솔직하게 대답했다. 그런데 면접관의 표정이 썩 좋아 보이지 않는 것이었다. '문신이 있으면 경찰을 못 한다던데. 혹시 코 흉터가 합격에 지장을 주면 어떻게 하지?' 나는 노심초사했다.

긴장감 속에서 진행된 면접이 끝났다. 이제는 최종 발표만 남았다.

그러나 내 마음은 그리 편하지 않았다. 면접에서 떨어질 것 같았기 때문이다. 필기시험 성적이 월등히 높았다면 걱정이 덜 되었겠지만, 그렇지 않은 나는 하루하루가 걱정되었다. 부모님께도 너무 기대하지 말라고 했다. 기대가 크면 실망감도 그만큼 커질 테니 말이다.

최종합격자 발표 전날, 도저히 잠이 오지 않았다. 새벽까지 뜬눈으로 밤을 새웠다. 평소 불면증이 있는 것도 아닌데 잠이 오지 않았다. 이번 시험에 떨어지면 모든 게 끝이었다. 나는 이런저런 생각 속에서 뒤척거리다 아침이 되어서야 잠이 들었다.

"재형아! 빨리 일어나 봐!"
"형! 일어나!"

어머니와 동생이 나란히 나를 깨웠다. 하지만 나는 비몽사몽이었다.

"재형아, 너 경찰 합격했어!"

어머니가 큰 소리로 말씀하셨다. 합격자 발표 시간이 되어도 내가 일어나지 않아서 동생이 인터넷에서 확인한 것이었다. 나는 자리를 박차고 일어나, 내 눈으로 모니터를 봤다. 정말 내 이름이 있었다. 당당히 내 이름 세 글자가 있는 것이다.

나는 어머니와 동생을 부둥켜안았다. 어머니는 우시면서 나에게 축하한다고, 수고했다고 말씀해주셨다. 그때 여자친구에게도 전화가 왔다. 내 합격 소식을 말하려는데 감격해서 그런지 눈물이 나면서 말문이 턱 막혔다. 그동안 고생했던 일이 주마등처럼 지나갔다. 아마 합격자 대부분이 발표 순간에 나와 비슷한 느낌이 들었을 거라 생각한다. 그날 퇴근하고 오신 아버지와도 진한 포옹을 했다.

이제 나에게도 평생 직업이 생겼다. 그것도 많은 수험생이 꿈꾸고 도전하는 경찰이 된 것이다. 나는 그해 12월에 중앙경찰학교에 입소했다. 경찰 공부를 시작하고 3년이란 세월이 흘러 꿈을 이룬 것이다.

경찰에 입직한 후 알게 된 후배가 있다. 나와 함께 근무하는 2년 차정 모 순경이다. 그는 나와 같은 고졸 출신이다. 가정형편도 좋지 않다. 학교 졸업 후 일찍이 대학의 꿈을 접고 경찰에 도전했으나, 계속 실패했다. 심지어 필기시험만 네 번 합격했는데 전부 다 최종 불합격의 고배를 마셨다. 결국, 다섯 번째 도전에 성공해서 현재는 나와 같이 일하고 있다. 5년의 수험생활을 이겨내고 경찰이 된 것이다.

그에 비하면 나는 늦은 것도 아니었다. 하지만 자신의 꿈을 이루는데, 몇 년이 걸리든 무엇이 중요한가? 결국, 도전해서 꿈을 이루었다는 게 중요한 것이다.

컴퓨터에서 프로그램을 다운받으려면 버퍼링 시간이 필요하듯, 나의 3년의 수험기간도 꿈을 이루기 위해 기다린 버퍼링 시간이었다. 이 시간을 견디지 못해 포기했다면 나는 실패했을 것이다.

나는 많은 경찰관에게 수험기간과 공부 방법을 듣곤 한다. 그 결과, 그들과 내가 내린 결론은 이렇다.

"경찰 시험은 끝까지 버티는 사람이 결국 합격한다."

2장

오늘부터 경찰서로 출근하다

오늘부터 경찰서로 출근합니다

경찰 시험에 최종 합격하게 되면 중앙경찰학교에서 8개월간 교육받게 된다. 교육 기간에는 일선 경찰서와 지구대에서 현장 실습을 한다. 내가 입교할 때만 해도 교육을 수료해야 순경에 임용되었다. 즉, 교육 기간에는 경찰관도 아닌, 그렇다고 민간인도 아닌, 오직 교육생 신분이라는 것이다. 계급장도 교육생 전용 계급장을 부착했다.

그러나 지금은 경찰 시험에 합격하면, 교육 기간에 순경으로 정식 임용된다. 따라서 이제는 교육생도 정식 경찰공무원 신분을 가지게 된다.

내가 현장 실습할 때는 교육생 신분이었기에 선배님들을 도와 보조 업무만 했다. 하지만 지금은 실습생도 현직 경찰관이 하는 범인 체포와 사건 처리 등 정식 업무가 가능해졌다. 경찰 제도가 갈수록 좋은 방향으로 바뀌어 다행이라고 생각한다.

중앙경찰학교에서는 동기들과 동고동락하며 우정을 쌓는다. 나도 동기들과 많은 추억을 만들었다. 졸업식에는 부모님, 지인을 초대해서 그들의 축복 속에서 졸업식을 한다. 나는 진짜 경찰이 되어 정복 입은 내 모습을 그들에게 보여주었다.

계급장 수여식에는, 부모님이 내 양쪽 어깨에 순경 계급장을 달아주셨다. 그때 부모님은 누구보다 나를 자랑스러워하셨다. 경찰학교 졸업식은 졸업생들과 부모님들 모두에게 깊은 감동이 있는 날이었다. 내가 예전에 군대에 입대해서 하사관 임관식을 할 때도 부모님이 오신 적이 있었다. 그때도 계급장을 달아주셨지만, 경찰학교 졸업식 때의 감동과는 비교가 되지 않았다.

동기들은 나에게 매우 특별했다. 졸업 후 처음 발령받아 근무한 지구대에서 만난 9명의 동기들과 지금도 끈끈하다. 서로 힘이 되어주고 있다. 그들 모두 전국 각지에서 멋지게 역량을 한껏 발휘하고 있다.

최근에는 경찰 임용 10주년 기념 모임도 했다. 서울에 있는 스튜디오까지 통째로 빌려 다 같이 정복을 입고, 단체 사진을 촬영했다. 지금은 서로 아저씨, 아줌마가 되었다. 살이 쪄 정복이 작아 단추를 잠그지 못한 동기도 있었다. 멋쩍은 표정으로 사진 촬영하는 동기도 보였다. 10년의 세월이 지났지만, 우리는 여전히 신임 순경 때처럼 활기찼다. 촬영 내내 모두 웃음이 끊이지 않았었다. 참으로 뜻깊은 날이었다. 지금도 그 사진을 보며 추억에 잠기곤 한다.

신임 순경은 경찰학교 졸업 성적순으로 발령받는다. 근무하고 싶은 경찰서도 성적순으로 지원한다. 경찰 시험에 합격해도 성적으로 인한 경쟁은 계속되는 것이다. 사실 나의 교육기관 성적은 그리 좋지 않았다. 정확히 말하면 하위권이었다. 학교 성적에 큰 욕심이 없어서 공부하지 않았다. 수험생 시절, 너무 힘들었던 기억 때문에, 더는 공부에 미련이 없었다.

그래서인지 나는 다른 동기보다 늦게 임용되었다. 성적순 발령이었기에, 하위권 성적인 나는 졸업 후 두 달간 집에서 놀았다. 졸지에 백수가 된 것이다. 설마 설마 했는데, 말로만 듣던 대기발령을 내가 한 것이다. 졸업 후, 모두 경찰관으로 근무할 때, 나만 놀게 되어 많이 초조했었다.

하지만 지금 생각해보면, 두 달의 대기기간은 나에게 너무도 소중한 시간이었다. 평생 일하기 전에 내가 하고 싶고, 놀고 싶은 것은 전부 경험했으니 말이다. 오히려 더 많은 것을 해보지 않았던 게 후회된다.

나의 첫 발령지는 인천서부경찰서다. 인천에서도 바쁘기로 1, 2위를 다투는 경찰서다. 강력사건이 많은 것은 물론이었다. 모두가 선호하는 경찰서는 먼저 임용된 동기들이 지원하는 바람에, 인원이 전부 충원되었다. 그래서 뒤늦게 임용된 내가 선택할 수 있는 경찰서는 몇 군데 되지 않았다. 그래도 백수생활을 탈출하는 게 어디인가. 나는 기쁜 마음으로 서부경찰서를 1지망으로 지원했다. 마침 서부경찰서는 내가 전에 살았던 지역 관할 경찰서이기도 했다. 익숙한 곳에서 근무하는 게 좋겠다는 생각에 그곳에 지원한 것이다.

처음 가본 경찰서 풍경이 지금도 생생하게 기억난다. 경찰서 정문 앞에는 의경들이 외부인을 통제했다. 경찰 업무 특성상, 직원들이 모두 딱딱하고 차갑지 않을까 생각했다. 하지만 그것은 나의 오해였다. 실제로는 직원분들 모두 신임 순경인 나에게 친절했다. 당시 아무것도 모르는 나를 따뜻하게 맞이해준 직원분들에게 감사함을 느낀다.

지금은 경찰서 안에 직장어린이집과 형사과 건물이 새로 지어졌다. 하지만 내가 처음 왔을 때는 어린이집이 있는 곳에 강력팀 사무실이 있었다. 이상한 것은 강력팀 사무실만 외부에 동떨어져 있다는 것이다. 더 충격적인 것은 사무실이 어설픈 컨테이너 건물이라는 것이었다. 대한민국 형사가, 형사 중에서도 으뜸이라고 하는 강력팀이 컨테이너에서 근무하다니.

그곳에는 컨테이너 다섯 대가 나란히 한 줄로 있었다. 1팀부터 5팀까지 팀 명칭이 있는 팻말과 함께. 나는 그곳이 마치 공사 현장 사무실처럼 느껴졌다.

통쾌한 액션으로 많은 인기를 끌었던 배우 마동석 주연의 영화 〈범죄도시〉를 재미있게 본 적이 있다. 어려운 시민을 위해 조직폭력배를 멋지게 소탕한 마석도 형사가 지금도 생각난다.

그 영화에서도 강력팀 사무실이 컨테이너 건물이다. 주인공 마석도 형사가 "진실의 방으로!"라며 범죄자에게 헬멧을 씌우는 우스꽝스러운 장면이 있다. 그 장소도 컨테이너 사무실이다. 진짜 강력팀 형사가 쓰던 사무실을 영화에서 그대로 표현한 것이었다.

나는 왜 강력팀만 컨테이너를 사무실로 사용하는지 궁금했다. 그래서 최근에 친해진 선배 형사에게 물어봤다. 그 선배는 "예산이 없어서 컨테이너를 사무실로 썼던 거야"라고 말했다. "그럼 다른 부서도 많은데 왜 굳이 강력팀 형사들만 컨테이너를 사무실로 사용해요?" 나는 다시 물어봤다. 그러자 선배는 웃으면서 말했다.

"왜냐하면 형사들은 이렇게 해도, 저렇게 해도 군말 없이 잘 참고 일하잖아."

정말이지 웃음이 나오지 않을 수 없었다. 지금까지 본 형사들이 군말 없이 할 일은 하는 멋진 경찰관인 것은 사실이었다. 물론 지금은 컨테이너를 사무실로 쓰지 않는다. 멋진 형사과 건물이 있으니 말이다. 다른 경찰서도 마찬가지다. 이제는 컨테이너 사무실도 추억이 된 것이다.

경찰서에는 다양한 부서가 있다. 그중에서 나는 지역 경찰, 형사과와 수사과 등 주로 외근 부서와 수사 부서에서 근무해왔다. 지역 경찰 외근 부서는 우리가 길에서 흔히 볼 수 있는 파출소나 지구대다. 지역 경찰은 그곳에서 근무하는, 제복 입은 경찰관을 일컫는다.

반면 형사과와 수사과는 사복을 입고 근무하는 부서인데, 주로 접수되는 죄명에 따라 업무가 분담된다. 예를 들면 살인이나 폭행과 같은 강력범은 형사과에서 담당하고, 사기와 횡령처럼 지능적인 화이트칼라 범죄는 주로 수사과에서 담당한다.

형사과에 근무하는 직원은 비교적 복장이 자유롭다. 외근을 자주 나가기 때문이다. 한창 등산복이 유행할 때는 등산복을 위, 아래로 맞춰 입고 근무하는 형사도 있었다. 신기한 것은 그들 대부분이 등산을 싫어한다는 사실이다.

수사과는 경찰서에서 민원인을 상대하거나, 자료 분석과 조사 등 내근 업무를 주로 한다. 범인 검거를 위해 외근 업무를 하기도 하지만 그리 많지는 않다. 그런 이유로, 형사과보다 단정한 복장을 선호한다. 정장 차림으로 근무하는 직원들도 여럿 있었다.

형사과는 교대 근무를 한다. 특히 형사에게 야간 근무는 필연적이다. 그에 비해 수사과는 야간 근무가 없다. 아침에 출근해서 저녁에 퇴근하는 일근 근무다. 나는 수사과 사이버팀에서 근무한 경험이 있었다. 단정한 차림으로 아침에 출근해서 저녁에 퇴근할 때면, 가끔은 내가 경찰이 아닌 회사원이 된 기분이 들곤 했다.

신임 순경은 서장님께 신고식을 해야 한다. 나는 경무계 직원 안내에 따라 신고식 전에 경무계에서 잠시 대기를 했다. 그런데 그곳에 나 말고 여경 동기가 있었다. 나처럼 대기발령을 받아 늦게 임용을 받은 것이다.

동병상련의 마음인가? 동기를 만난 게 너무 반가웠다. 나 혼자 대기 발령 받은 줄 알았는데, 혼자가 아니라는 생각에 위안이 되었다. 나는 동기와 단둘이 서장님 신고식을 씩씩하게 마치고, 드디어 지구대로 발령받았다. 이제 진짜 경찰관이 된 것이다. 제복 입고 근무할 생각을 하니 심장이 두근거렸다. 그렇게 신임 순경인 나의 진짜 경찰생활이 시작되었다.

경찰 합격이 끝이 아니었다

신임 순경은 지구대, 파출소에서 1년 이상 의무적으로 근무해야 한다. 내가 처음 일한 곳은 석남지구대다. 이곳은 인천서부경찰서에 속한 지역 관서 중에도 바쁘기로 유명한 곳이었다. 관내에 나이트클럽, 노래방, 술집과 같은 유흥가 천지였다. 또한, 신도시 아파트와 달리 다세대 주택과 빌라가 밀집된 곳도 상당했다. 그러다 보니, 험한 주취폭력 신고와 가정폭력 신고가 많았다. 이곳은 치안 수요가 많아서인지 항상 인원 부족에 시달렸다. 그래서 신임 순경들의 강제 1순위 발령지이기도 했다.

출근해보니, 먼저 졸업한 동기들이 근무하는 게 보였다. 상황 근무하는 모습, 무전을 하는 모습, 민원 상담하는 모습, 피의자 신병 관리하는 모습 등 모두 능숙하게 처리했다. 진짜 경찰관다웠다. 그들에게서는 이제 교육생의 모습은 어디에도 보이지 않았다. 나도 빨리 적응해야겠다는 생각에 조바심마저 들었다.

신임 순경 때 나의 임무는 장비 관리였다. 무전기와 공용 핸드폰, 각종 서류, 순찰차와 차량 탑재 장비 등을 관리했다. 이 일은 주로 업무 시작 전이나 끝날 때, 다른 팀과 교대하면서 이루어진다. 가끔 다른 팀에서 무전기를 사물함에 두고 퇴근해버리는 바람에 한참을 찾은 적도 있었다. 어떤 직원은 막내들만 장비 관리하는 것을 불만 삼기도 한다. 하지만 나는 딱히 불만이 없었다. 선배 직원들은 현장에서 주도적으로 일을 처리하거나, 결과를 스스로 책임지기도 한다. 그래서인지 나는 선배 직원들이 후배보다 더 적은 일을 하는 것은 아니라고 생각했다.

내가 적응하기 힘들었던 것은 순찰차 운전이었다. 나는 운전이 너무 힘들었다. 스무 살에 면허를 취득했지만, 사실 아무 쓸데도 없는 장롱 면허였다. 운전 경력이 없었기 때문이다. 당시 나는 개인 차량도 없었다. 경찰이 되고 나서 운전을 배우다 보니, 서툰 것은 당연했다. 더구나 나에게는 심각할 정도의 단점이 있었는데, 그것은 바로 '길치'라는 사실이다.

한번 가본 길은, 절대 잊지 않는 사람들이 있다. 나는 이런 능력도 재능이라고 생각한다. 왜냐하면 나는 여러 번 가본 길도 잘 모르기 때문이다. 생소할 때가 많았다. 낮에 가본 길도 이상하게 밤에 보면 초행길처럼 보였다. 지리에 약한 나는 항상 내비게이션을 이용했다. 이런 나를 답답하게 생각했던 선배도 있었다. 나도 내가 참 답답했다. 지리를 익히기 위해 퇴근하고 혼자 관내를 돌아다녀 보았지만, 쉽지는 않았다. 역시 지리감이나 운전 실력은 어느 정도 시간과 경험이 쌓여야 하는 것 같다.

지금의 나는 근무 경력이 있어서인지 운전을 능숙하게 한다. 물론 관내 지리도 잘 알고 있다. 하지만 가끔은 여전히 길을 몰라 헤매곤 한다. 그럴 때면, 후배에게 "이 길로 가는 게 맞는 거니?"라고 물을 때가 있다. 후배는 아니라고 말한다. 그럼 나는 왜 미리 말하지 않았는지 되묻는데, 후배는 "선배님이 잘 아시는 길인 줄 알고 가만히 있었어요"라고 한다. 나와 후배는 어이가 없어 폭소를 터트리곤 했다.

운전 미숙으로 인한 나의 고난은 이게 끝이 아니었다. 지구대 근무는 1명과 같은 조가 되어 그날 내내 같이 근무한다. 선배와 후배가 같이 2인 1조다. 엄격한 선배와 근무하는 날은 나도 모르게 불편하고 긴장했다. 반면, 부드러운 성격의 선배와 근무하는 날은 마음이 편했다.

주간 근무 날, 내가 순찰차를 운행할 때였다. 골목에 진입하면서 주차된 차량과 충격했다. 나는 혼이 날 줄 알고 기가 잔뜩 죽어 있었다. 하지만 같은 조였던 선배는 혼내지 않고 너그럽게 용서했다. 오히려 격려까지 했다. 나는 감사한 마음에 앞으로 더 잘해야겠다고 생각했다.

그러나 어처구니없게도, 다음 날 야간 근무에 나는 또 사고를 냈다. 골목길에서 주차된 차와 충격한 것이었다. 당시에도 전날 근무한 선배와 한 조였는데, 같은 실수를 본 그는 이번에는 나를 혼냈다.

"재형아, 같은 실수를 반복하면 너에 대한 신뢰가 무너지는 거야. 너를 믿고 일을 맡길 수가 없어."

나지막한 목소리였지만, 뼛속 깊이 새겨지는 말이었다. 같은 실수를 여러 번 반복하다니. 얼마나 바보 같은 짓인가. 나는 나를 원망했다.

어떤 선배는 운전이 서툴 때마다 옆에서 윽박지르곤 했다. 그럼 괜히 주눅이 들어 운전을 제대로 하기 힘들었다. 이런 경험 때문에, 나는 운전이 서툰 후배에게 크게 뭐라고 하지 않는다. 나도 겪어보았기 때문이다. 윽박지른다고 다 되는 것은 아니다. 운전 실력은 시간이 지나면 자연스럽게 쌓일 테니 말이다.

최근에 나의 순경 시절처럼, 자신감이 부족했던 후배가 있었다. 그는 업무가 서툴러 다른 선배에게 혼도 많이 났다. 내가 그와 같은 팀이 되어 근무한 적이 있었다. 순찰차를 타고 신고 출동할 때였다. 그는 수시로 나에게 허락을 구했다. "지금 빨리 가야 하는데 빨리 운행해도 되나요? 지금은 천천히 가도 될까요? 우회전해도 될까요? 좌회전할까요?"라면서 말이다.

그 후배를 보니 서툴렀던 예전의 내 모습이 생각났다. 측은한 마음마저 들었다. 그래서 그의 자존감을 세워주고 싶었다. 혼내고 윽박지르면 더 주눅만 들 뿐이니 말이다. 나는 그에게 말했다. "너 운전할 때 형이 불편하게 하지 않을 거야. 괜찮으니까, 눈치 보지 말고 너 편한 대로 운전해."

내가 지구대에서 근무하며 적응하기 어려웠던 게 또 있었다. 그것은 바로 인간관계였다. 경찰도 조직이다 보니, 인간관계가 무척 중요하다. 한 사람과 종일 근무하기 때문에, 마음이 맞지 않으면 하루가 불편해진다. 나와 마음 맞지 않는 선배와 같이 근무하는 날이면 출근 전부터 기분이 별로였다.

한번은 엄한 선배와 근무한 날이었다. 폭행사건을 접수하고 사건처리까지 하게 되었다. 그 선배는 나에게 한번 해보라고 했다. 너무 기뻤다. 드디어 일을 배울 수 있는 기회가 온 것이다. 들뜬 마음으로 민원인 인적 사항을 확인하고 전산에 입력했다. 처음 해본 일이라 그런지 매우 서툴렀다.

갑자기 그때, 뒤에서 지켜보던 선배가 내 뒤통수를 때렸다. 그러고는 "그런 식으로 작성하면 어떻게 하냐?"라며 혼을 냈다. 나는 적지 않게 당황했다. 앞에는 민원인도 지켜보고 있었던 터라 기분도 상당히 나빴다. 하지만 그냥 웃어넘기기로 했다. 갈등을 더 크게 만들기 싫어 참기로 한 것이다.

신임 순경 시절의 나는 서툴러도 너무 서툴렀다. 워낙 내성적인 성격이라 적응하기 더 어려웠는지 모른다. 특히 심한 꾸중을 들을 때면 주눅이 들어 그 일을 피하고 싶어졌다. 사실 그렇게 크게 혼날 일인가 싶기도 했다. 나를 따뜻하게 감싸준 선배가 있는 반면에 모멸감을 느낄 정도로 혼을 내는 선배도 있었다. 다양한 사람들이 모인 경찰 조직이니 당연할 수도 있겠다.

그럴 때마다 나는, '내가 선배가 되면 후배에게 심한 꾸중은 하지 말자. 모멸감이 들 정도로 말하는 것은 잘못된 태도다. 차라리 제대로 업무를 알려주자'라고 다짐했다.

10년 차 경찰관이 된 지금 나는 후배와 함께 근무하고 있다. 주로 신임 순경들과 근무할 때가 많다. 그들과 근무할 때, 가능하면 독단적으로 일 처리를 하지 않으려고 한다. 현장에서 나의 판단을 말하고, 이 판단을 그들은 어떻게 생각하는지 묻는다. 또한, 후배들이 적극적인 의견을 제시하면, 최대한 들어보고 가능하면 함께해준다. 때로는 앞에서 일하고, 또는 뒤에서 도와준다.

후배가 나로 인해 불편한 감정을 느끼는 것이 싫다. 그래서 나는 웃으면서 근무한다. 이렇게 대하니 후배도 더 잘하려고 노력한다. 최소한 내가 화난다는 이유로 그들에게 윽박지르거나 하지는 않는다.

지금도 나는 실수한다. 선배 경찰관이지만, 사람이기 때문에 실수한다. 후배도 실수한다. 그러나 그런 사소한 일로 그들에게 뭐라고 하지 않는다. 나의 실수를 후배가, 그들의 실수를 내가 도와주고 있다. 경찰 문화 속에서도 점점 존중해주는 문화가 생기고 있다. 선배는 후배를 부하가 아닌 동료 직원이라고 생각해야 한다. 후배 역시 선배를 진심으로 존중해야 한다. 상호 존중하는 문화가 커질수록 더 나은 경찰생활이 될 거라 확신한다.

극한직업, 지구대 경찰관

술은 우리의 일상생활에서 빠지지 않는 문화다. 기쁜 일, 슬픈 일, 승진 축하, 동창회, 명절 등 여러 모임에는 항상 술이 함께 한다. 문제는 술 모임이 1차에서 끝나지 않고 2차, 3차로 이어진다는 것이다. 밤을 넘어 새벽까지 이어지는 일도 다반사다. 최근 코로나 팬데믹으로 술 문화가 조금 주춤했으나, 다시 제재가 완화되면서 기존의 술 문화로 돌아가는 것 같다.

지구대에 신고되는 사건은 대개 술로 인한 경우가 많다. 술집 소란행위, 주취 폭력행위, 연인 간의 데이트폭력, 가정폭력 등 거의 술이 원인이 된다. 때로는 저마다 삶의 고충이 있으니 술로 달래고 싶었을 거라, 이해도 해본다. 그렇다고 다른 사람에게 피해 주는 일은 잘못된 것 아닌가.

나의 지구대 첫 출근은 야간 근무였다. 어리바리한 신임 순경의 눈앞에는 정신없는 광경이 펼쳐졌다. 끊임없이 112신고 지령이 울려댔다. "딩동댕" 소리가 귓속에서 메아리칠 정도였다. 직원들이 앉아서 쉴 틈도 없었다. 그날 팀장님은 나에게 첫날이니 업무 파악하라고 하시며 상황 근무만 시켰다. 하지만 앉아 있을 수가 없었다. 계속해서 주취자들이 오거나, 체포된 피의자가 있었기 때문이다. 나는 그들을 주시하며 관리해야 했다.

정신없는 상황 속에서 자정이 훌쩍 넘어갔다. 그때 선배 경찰관이 주취자에게 폭행당하는 안타까운 일이 생겼다. 그는 갈비뼈에 금이 가서 응급실까지 가게 되었다. 갈비뼈 골절은 복대로 보호할 뿐, 깁스와 같은 치료조차 되지 않는다. 그 일로 선배는 한 달 정도를 고생했다. 숨 쉬거나 기침이 나올 때면 통증 때문에 힘들어했었다.

지구대에는 다섯 대의 순찰차가 있었다. 하룻밤에만 신고가 100건이 넘는 경우가 허다했다. 특히 여름에는 더욱 심했다. 날이 더워 다들 나와서 술을 마시고 수도 없이 싸움을 해댔다. 다섯 대의 순찰차와 10명 조금 넘는 인원으로 이 모든 신고와 치안을 담당해야 했다. 대한민국을 왜 주취 공화국이라고 일컫는지 충분히 이해가 되기 시작했다.

가을이 지나고 겨울이 되자, 신고는 조금 줄었다. 날이 추워 밖에 돌아다니는 주취자도 보이지 않게 되었다. 하지만 술집이나 가정 내에서 일어나는 폭력사건은 여전했다.

어느 추운 겨울날, 나이 지긋한 선배와 함께 야간에 순찰 근무를 하고 있었다. 나는 순찰차를 정차한 뒤, 거점 근무했다. 그때 내 눈에 한 남성 주취자가 길에서 배회하는 게 보였다. 비틀거리며 제대로 걷지도 못했다. 나는 그를 돕기 위해 차에서 내려 그에게 다가갔다.

술 취한 남성은 안하무인이었다. 경찰에 안 좋은 감정이 있던 것일까? 그는 나에게 온갖 욕설을 하며 시비를 걸었다. 나는 집에 잘 귀가하도록 도우려고 한 것인데, 너무하다는 생각이 들었다. 초임 순경이라, 능숙하게 대처하는 방법도 몰라 그의 비위만 살살 맞춰주고 있었다.

그런데 순간 그 남성이 내 멱살을 움켜잡는 것이었다. 내가 나이가 어려 우습게 보인 것일까? 나는 손을 놓으라고 경고했다. 하지만 만취자에게 그 말이 통할 리 없었다. 계속된 나의 경고에도 그는 욕설을 퍼부으며 손을 놓지 않았다. 나는 어쩔 줄 몰라, 그저 이 상황을 벗어나고 싶은 생각만 들었다.

그때 선배가 다가와 그 남성을 타일렀다. 그제야 멱살 잡은 손을 놓았다. 역시 선배 경찰관은 노련했다. 경험을 통해 익힌 노하우가 대단하다고 생각했다. 그러곤 그 주취자에게 집에 가라고 하며 그냥 보내는 것이었다. 내 멱살 잡은 주취자를 그냥 집으로 보내다니. 나는 기분이 상했다. 그는 나를 순경이고, 어리다며 무시했다. 심지어 도움을 주려고 한 내 멱살까지 잡고 늘어졌다. 그 행위는 명백한 공무집행방해죄다. 하지만 선배는 나의 의사는 묻거나 따지지 않고, 그를 집으로 보낸 것이었다.

나는 선배에게 서운했다. 후배가 온갖 모욕과 폭행까지 당했는데 그냥 돌려보냈으니 말이다. 나에게 물어보기라도 했다면 조금은 서운하지 않았을 텐데. 그렇다고 선배 결정을 무시하면 그와 나 사이의 감정에 금이 생길 것만 같았다. 그래서 나는 선배의 결정을 존중했다.

나는 이 사건을 겪으면서 내가 선배가 되어 후배에게 같은 일이 생긴다면 그를 적극적으로 도와주겠다고 다짐했다.

지금 내가 근무하는 지구대 근처에는 이름만 들어도 알 만한 유명 커피숍이 있다. 그곳은 지하철역과 번화가 중심에 있어 많은 사람이 이용한다. 커피숍은 단순히 커피만 마시는 게 아니라, 공부나 독서 등 자기계발하는 사람이 많다. 나도 가끔 이용하곤 한다.

1년 전쯤, 그 커피숍에서 행패 소란 신고가 있었다. 후배 경찰관 2명이 출동했다. 그런데 상황정리가 되지 않는지, 후배로부터 전화를 받았다. 그는 나에게 "형! 여기 좀 도와주세요. 도저히 상황이 정리되지 않아요"라고 도움을 요청했다.

평소 나와 형, 동생 하며 지내는 후배였다. 나는 전화를 끊고 바로 커피숍으로 달려갔다. 중년의 여자와 남자 여러 명이 소란을 피우고 있었다. 그들 모두 술에 취해 흥분한 상태였다.

당시에는 코로나 때문에 백신접종 증명서 없이는 매장 내에서 음식물 섭취가 불가능했다. 그들은 증명서가 없어 매장에서 커피를 마실 수 없었다. 직원의 설명에도 불구하고, 이들은 매장에서 커피를 마시겠다고 고집을 부리고 소란을 피웠다. 급기야 욕설과 고함을 지르고 심한 행패까지 서슴없이 저질렀다.

도착해보니 남자 직원은 이미 질릴 대로 질렸는지 얼굴이 하얗게 되어 있었다. 금방이라도 울음을 터트릴 것만 같았다. 매장 안에 많은 손님은 경찰이 해결해달라고 애원하는 눈빛을 보였다. 몇몇 손님은 증거를 확보하겠다며, 핸드폰으로 영상을 촬영하고 있었다.

나는 먼저 후배에게 상황 설명을 들어보았다. 그들 중 두 사람은 후배를 밀치고 폭행까지 했다. 바디캠과 CCTV 영상에 그들의 만행이 아주 자세히 촬영되어 있었다. 나는 그들에게 조용히 귀가하라며 마지막으로 경고했다. 하지만 흥분한 주취자들이 들을 턱이 있나. 더는 그들을 제지할 방법이 없다고 생각한 나는 커피숍 업무방해 현행범으로 체포하려고 마음먹었다. 체포하기 전에 먼저 후배 경찰관에게 물었다.

"너 저 사람들한테 맞은 거, 공무집행방해죄로 같이 처벌해줄까? 네가 원하면 형이 도와줄게. 너는 어떻게 생각해?"

후배는 억울해하며 도움을 요청했다. 많은 사람 앞에서 그런 일을 당했다고 한다. 이런 상황에서 많은 경찰이 억울함과 수치심을 느끼곤 한다. 나는 두 사람을 공무집행방해와 업무방해죄로 체포했다. 당시 사건 정리를 하느라 미처 몰랐지만, 나중에 후배에게 들어보니 매장에 있던 손님들 모두 경찰관을 향해 박수갈채를 보냈다고 한다. 너무 잘했다고 칭찬까지 하면서 말이다.

손님에게는 소중한 공간인 커피숍에서 소란 피우는 사람을 체포한 것이 고마운 일이었나 보다. 그 말을 들은 나는 괜히 어깨가 으쓱해졌다.

나는 지금도 주취자를 상대한다. 때로는 그들이 내 멱살을 잡거나 밀치기도 한다. 하지만 가능하면 그들을 공무집행방해죄로 체포하지 않는다. 심한 폭력이 있다면 단호하게 체포하지만, 경미한 행위는 용서한다.

벌금 정도로 그들의 술버릇을 고칠 수 있다면 좋지만, 여태껏 나는 반성하고 고친 사람을 본 적이 없다. 오히려 벌금을 범인이 아닌, 아무 죄 없는 그의 가족이 부담하는 일이 생긴다. 나는 범인의 잘못을 그의 가족들에게 짐을 지우고 싶지는 않다.

전에 내가 주취자에게 멱살 잡힌 것을 본 후배가 그를 체포하려고 한 적이 있다. 오히려 나는 후배를 말리고 주취자를 귀가시켰다.

하지만 후배나 동료가 피해당한 경우는 다르다. 나는 적극적으로 그들에게 도움을 준다. 특히, 내 멋대로 처벌할지, 말지 판단하지 않는다. 피해 당사자인 후배, 동료의 의사를 존중한다. 신임 순경은 체포한 후 처리하는 절차를 모르는 경우가 대부분이다. 그래서 피해를 당해도 참는 경우가 많다. 이 경우, 사건을 아는 선배가 도와주지 않으면 억울하게 당하기만 할 뿐이다. 과거의 나처럼 말이다.

나는 그들에게 나의 신임 순경 시절과 같은 일을 겪게 하고 싶지 않다. 선배를 향한 서운함을 가지게 하고 싶지 않은 것이다.

내가 강력팀 막내로 들어왔을 때, 잘 따르던 선배 형사가 자주 했던 말이 생각난다.

"재형이 너 오기 전에는 범인을 검거하러 가거나 위험한 상황이 있으면 내가 1번, 내 후배가 2번이었어. 이제 재형이 너는 3번이야. 내가 항상 1번으로 앞장설 테니, 너는 내 뒤를 봐줘. 우리는 서로 앞, 뒤를 믿고 맡길 수 있어야 해."

나는 동료에게 이런 경찰관이 되고 싶다.

겉은 번듯한 형사, 실상은 실수투성이

지구대에서 1년 6개월 정도 근무했을 즈음, 형사과로 발령받았다. 지구대 순찰팀장님의 추천을 받아 지원하게 된 것이다. 내 성격으로 버틸 수 있을까 걱정되었지만, 한번은 형사 업무를 해보고 싶어 도전하게 되었다.

서부경찰서는 형사 동 건물이 따로 있었는데, 형사팀은 1층, 강력팀은 2층에 사무실이 있었다. 3층에는 과학수사팀 사무실도 있었다. 나는 1층 형사2팀에서 근무하게 되었다.

나의 첫 수사 부서 시작은 형사팀이었지만, 이후에 강력팀에서도 근무했다. 같은 형사과지만, 형사팀과 강력팀은 서로 차이점이 있다.

예를 들면, 살인은 강력팀, 상해나 폭행은 형사팀에서 처리한다. 방화는 강력팀, 단순 화재나 실화는 형사팀에서 처리한다. 형사팀에 비해 강력팀은 팀 단위로 움직이는 사건이 많다. 지구대에서 검거된 범인은 주로 형사팀에서 조사한다. 반면, 강력팀은 살인, 강도, 절도와 같이 발생된 사건의 범인을 추적해 검거하는 일을 하게 된다.

형사에 대한 오해가 참 많은 것 같다. 책이나 TV를 보면, "형사는 박봉에 집에 들어가지 못한다. 매일같이 잠복 근무한다. 집에 들어가지 못한다. 가정에 충실하지 못한다"라는 말이 많이 나온다. 한마디로 형사는 힘들고 음지에서만 사는 것처럼 보인다. 최악의 상황에서 사명감 하나만 가지고 일하는 사람이 형사라고들 한다. 물론 형사들이 사명감이 많은 것은 사실이지만, 이런 말이 전부 사실은 아니다.

관내에 강력사건이 발생하면 형사들은 수사에 집중한다. 모든 형사들이 그 사건에 동원된다. 이 경우, 퇴근이 늦어지거나 심지어 못하기도 한다. 그러나 강력사건이 자주 발생하는 것은 아니다. 다른 부서에 비해 바쁜 것은 사실이지만, 충분히 취미생활을 하며 일할 수 있다. 무엇보다 지금은 가정에 충실한 형사들도 꽤 많다. 오히려 잦은 회식과 모임으로 인해 가정에 충실하지 못한 것이지, 업무 때문만은 아니라는 것이다.

형사가 잠복 근무를 많이 한다고 생각하는가? 실제로는 그렇지 않다. 내 경험에 비춰볼 때 잠복 근무를 많이 하지 않았다. 범인 검거의 핵심은 잠복이 아니기 때문이다.

현재는 수사의 트렌드가 많이 달라졌다. 이미 오래전부터 범인의 핸드폰이나 인터넷, 금융계좌를 통해 위치추적이 가능해졌다. 사용기록 분석도 한다. 잠복 수사 전에 이런 방법이 선행되어야 한다. 나 역시 통신 수사나, 계좌분석으로 범인을 검거한 경우가 많았다. 이렇게 했는데 방법이 없다면 잠복이 필요할 수 있다. 하지만 이런 수사 없이 잠복만 선호하는 것은 수사 능력이 없기 때문이다. 물론 마지막에는 잠복을 어느 정도 해야 하지만 최소한의 경우에만 필요한 것이다.

지금은 시대가 빠르게 변하고 있다. 스마트폰으로 인해 더욱 그렇다. 이미 순찰차 시스템조차 스마트폰, 태블릿 PC 시스템으로 전부 교체되었지 않은가. 그렇다면 우리 경찰도 시대에 맞춰야 한다. 범인들은 시대에 맞춰서 더욱 교묘해지고 지능화되고 있다. 현명한 수사관이라면 발 빠르게 대처하며, 다양한 방법을 적극적으로 활용할 줄 알아야 한다.

다시 내가 형사생활을 하던 시절로 돌아가보자. 형사과에 출근해보니, 사무실에 내 책상과 전용 컴퓨터가 있었다. 내 이름이 적힌 명패까지 있었다. 이름 뒤에 수사관 명칭이 들어가 있었다. 나의 사무실과 책상, 전용 전화까지 있다는 사실만으로 나의 지위가 올라간 기분이 들었다. 수사관이라는 명함도 만들었다. 무엇보다 제복이 아닌 사복을 입었기에 자유로움이 있었다.

출근하니 내 자리에 전화벨이 울렸다. 나는 수화기를 들고 “감사합니다. 서부경찰서 형사2팀 이재형 순경입니다”라고 했다. 이 모습을 본 같은 팀 선배가 나에게 말했다.

"이 형사! 너 순경이라고 하지 마! 이제 형사라고 하는 거야. 아직도 지구대에 있을 때처럼 그렇게 할 거야?"

아차 싶었다. 나는 아직은 어색한 초보 형사였다. 사실 스스로 형사라고 하기도 쑥스러웠다. 그래서인지 예전 습관이 고쳐지지 않았다.

나는 전임 형사로부터 10건 정도의 사건을 인계받았다. 그중에 가정폭력사건이 있었다. 지금은 가정폭력사건을 여성 청소년 수사팀에서 처리하지만, 내가 순경 때는 형사과에서 처리했다.

사건 내용은 이러했다. 남편의 폭력으로 아내의 갈비뼈가 골절된 것이다. 현장에서 촬영된 사진만 봐도 심각했던 당시 상황을 알 수 있었다. 상해진단서는 전치 4주 진단이 나왔다. 일반적으로 통증이 있거나 멍이 든 정도는 2주 정도 진단이 나온다. 상처나 간단한 봉합술의 경우 3주 진단, 골절부터는 4주 진단이 나오게 된다. 기록을 계속 읽어보니, 남편은 혐의를 부인했다. 다툼은 있었지만, 갈비뼈 골절은 아내가 스스로 넘어져 생긴 거라고 했다. 그 바람에 계단에 부딪혀 골절되었다는 것이었다.

이 사건을 막상 조사하려고 보니 떨리기 시작했다. 출석을 요구해야 하는데, 전화를 걸기가 막막했다. 형사라면 자신감이 넘쳐야 하는데 이것은 뭐 마치 내가 피의자 같았다.

마음을 가라앉히고, 그 남성에게 전화를 걸어보았다. "여보세요" 그가 전화 받았다. 나는 "서부경찰서 형사2팀 이재형 형사입니다. 가정폭력사건 조사로 출석하셔야 합니다"라고 했다. 그런데 답변하는 그의 목소리를 듣고 깜짝 놀랐다. 오히려 그 남성이 나에게 쩔쩔매고 있는 것이었다. 순경인 나에게 말이다.

"예! 형사님! 당연히 가야죠. 언제 가면 될까요? 제가 그 날짜에 맞추겠습니다!"

그와 조사날짜를 잡고 전화를 끊었다. 지구대 순경이나 경찰서 형사나 같은 경찰관이다. 그러나 조사를 앞에 둔 피의자는 형사가 더 긴장하게 만드는 사람이었나 보다. 그것도 모르고 담당 형사인 내가 더 긴장했었다. 바보같이.

약속한 조사일에 그 남성이 사무실로 왔다. 40대 중반으로 제법 덩치가 큰 사람이었다. 그를 내 앞에 앉히고는 처음으로 피의자 조사를 시작했다. 하지만 나는 첫 조사부터 막히기 시작했다. 그가 모든 것을 부인했기 때문이다. 나는 '뭐 이런 사람이 다 있나?'라고 생각했다. 계속해서 부인하니, 초보 형사인 나는 그를 더는 추궁할 만한 게 없었다. 왠지 내가 그와 기 싸움에 진 것마냥 머릿속이 텅 비었다. 나를 보고 비웃진 않을까 생각되어 담담하게 보이려 온갖 애를 썼다.

조금 이상한 것은 그가 조사받을 때, 땀을 많이 흘렸다는 것이다. 나는 평소 땀이 많은 사람인가 보다, 생각했다. 7월의 더운 날씨였기도 했으니 말이다. 한참 내가 조사하는 모습을 옆에서 지켜보던 선배가 조용히 나를 불렀다.

“이 형사, 저 사람 이상한 거 못 느꼈어? 땀을 엄청나게 흘리잖아. 그리고 말 막힐 때마다 화장실 다녀오겠다고 하잖아. 저 사람, 거짓말하는 거야. 너 질문에 긴장해서 저러는 거야. 조사할 때 이런 것을 잘 파악해야 해.”

경험 많은 선배의 말을 듣고 보니, 그 말이 맞았다. 그는 거짓말하면서 긴장되어 땀을 흘렸던 것이었다. 선배의 은밀한 도움으로 나의 첫 피의자 조사는 비교적 성공적으로 마쳤다. 이날 많은 것을 느꼈다. 바보같이 내가 왜 긴장했을까. 진짜 긴장한 사람은 따로 있었는데.

경찰서는 형사이자, 경찰관인 나의 필드였다. 그곳에 출석해서 온 피의자를 상대로 내가 긴장할 필요는 없는 것이었다. 무엇보다 이 사건의 중심은 담당 형사인 나라는 것을 알게 되었다. 사건의 칼자루를 쥐고 있는 것은 나라는 사실을 깨달은 것이다.

형사팀에서 다양한 사건을 접하면서 경험을 쌓았다. 3개월 정도 지나자, 지구대에서 접수된 사건이 어떻게 형사과를 거쳐 검찰, 법원까지 가는지 모든 절차가 머릿속에 그려졌다. 다시 6개월 정도가 지났다. 이제는 어지간한 사건은 혼자서도 척척 해결할 정도가 되었다. 나는 초보 형사생활을 보내며 실력을 쌓아나갔다. 그러면서 자신감도 점점 커지기 시작했다.

초임 형사의 증거인멸

우리나라 형법에는 '증거인멸죄'에 대한 규정이 있다.

> 제155조(증거인멸 등과 친족 간의 특례)
>
> 타인의 형사사건 또는 징계사건에 관한 증거를 인멸, 은닉, 위조 또는 변조하거나 위조 또는 변조한 증거를 사용한 자는 5년 이하의 징역 또는 700만 원 이하의 벌금에 처한다.

증거인멸은 죄를 범한 당사자는 그 주체가 될 수 없다. 다른 사람의 사건에 대한 증거를 인멸해야 주체가 되기 때문이다. 이 죄의 주체에는 경찰관도 해당할 수 있다. 나는 이 죄가 얼마나 무서운 죄인지 알게 된 뼈저린 경험이 있다.

지역 경찰관서나 형사과에 근무하는 경찰관이 필연적으로 겪는 일이 있다. 그것은 바로 다른 사람의 죽음을 보는 것, 변사사건이다.

우리나라는 사람이 죽으면 경찰에 신고하게 되어 있다. 그때 신고 받고 출동하는 경찰관이 지구대와 같은 지역 경찰관이다. 지역 경찰관의 초동 조치 후 형사와 과학수사팀, 검시관이 현장에 온다. 그들은 시신과 현장을 감식해서 타살 여부를 확인한다. 타살 혐의점이 없으면 검사의 지휘로 시신을 유족에게 인도해 장례를 치르게 해준다. 하지만 사망 원인이 불분명하거나, 타살 혐의가 있는 경우 부검을 하기도 한다. 부검 결과에 따라 범죄 수사로 전환되는 경우가 있다.

내가 형사팀에서 근무한 지 한 달이 채 되지 못했을 때였다. 그날은 주간 근무 날이었다. 나는 출근과 동시에, 전날 검거된 수배자를 검찰청에 인계하고 와서 정신이 없었다.

사무실에 오자, 같은 팀 선배가 나에게 서류를 주며 말했다.

"이거 전 팀이 야간 근무할 때 발생한 변사사건이야. 사건 조사를 마치고 타살 혐의 없어서 검사한테 지휘를 올린 거야. 검사 지휘서가 오면 유족에게 시신 인계해주면 돼."

변사사건은 검사의 지휘가 있어야 시신을 유족에게 인도할 수 있다. 인계서 등 서류를 유족에게 주면, 유족은 서류를 장례식장에 준다. 장례식장은 받은 서류를 근거로 영안실에서 안치된 시신을 유족에게 인도해서 장례를 치른다. 이게 현재 우리나라의 변사사건 절차다.

나는 선배에게 받은 서류를 책상 한쪽에 보관했다. 그러곤 내 업무를 하기 시작했다. 오전 11시쯤, 경찰서 상황실로부터 검사 지휘서가 도착했다는 연락을 받았다. 상황실로 가서 지휘서를 받고 선배가 말한 대로 유족에게 전화를 걸었다.

"검사 지휘 내려왔습니다. 서류, 받아 가세요."

나는 사무실에 방문한 유족에게 서류를 인계했다. 장례를 잘 치르라는 따뜻한 말도 건넸다. 변사사건 절차에 대해 한 가지를 배웠다는 생각에 뿌듯했다.

그런데 문제가 생겼다. 알고 보니, 이 지휘서는 시신을 인도하라는 내용이 아니었다. 사망 원인이 불분명하니 부검하라는 것이었다!

사건 담당 형사에게 연락받은 나는 망연자실했다. "너, 지휘서도 제대로 보지 않고 시신을 인도하면 어떻게 하냐!" 나는 서류와 시신을 다시 회수하고 부검하면 되지 않느냐고 반문했다.

하지만 그것은 불가능하다고 했다. 이미 시신을 화장터에서 화장했다는 것이다. 부검해야 할 시신이 고운 가루로 변한 것이다. 즉, 사건의 유일한 증거가 인멸된 것이었다. 바로 나 때문에 말이다.

형사과 직원 모두의 비난이 나에게로 쏟아졌다. 풀이 죽은 나는 차마 고개를 들지 못했다. 몇몇 직원은 "너 지휘서도 읽어보지 않은 거야?"라며 한심하다는 듯이 쳐다보기도 했다. 하지만 반박할 수 없었다. 지휘서를 제대로 읽어보지 않은 것은 사실이니까 말이다. 나는 그저 서류와 시신을 유족에게 인도하면 되는 것인 줄 알았다. 애초에 부검이 필요 없는 사건인 줄로만 알았던 것이었다.

다행스럽게도, 이 변사사건이 살인사건은 아니었다. 유족도 이의를 제기하지 않았다. 사실 유족 대부분은 사망한 가족을 부검하길 원하지 않는다. 하지만 문제는 그게 아니었다. 검사의 지휘를 경찰이 무시한 게 문제였다. 어처구니없게도 내가 그 당사자라는 사실이었다.

나는 이 사건으로 죄인처럼 살았다. 형사과에 괜히 온 것인가 싶었다. 경찰을 그만둘까도 생각했다. 쪽팔리고 죽고 싶을 만큼 힘들었다. 더구나 그때의 나는, 입직한 지 2년도 안 된 초임 순경이었다. 초임 순경인 내가 감당하기에는 너무나 버거운 대형사건이었다.

비난으로 끝났다면 좋았으련만, 여기서 끝이 아니었다. 검찰청 담당 검사로부터 호출받았다. 나와 팀장님, 사건 담당 형사, 이렇게 세 명이 검찰청에 불려갔다. 두 사람은 검사 앞에서 죄인처럼 고개를 푹 숙였다. 고개를 뻣뻣이 들고 있던 나는, 그들을 보고는 따라서 고개를 숙였다. 가슴속에서는 '그래. 이렇게 다 털고 그만두자. 이런 비난을 받고 내가 어떻게 경찰을 하겠어?'라는 부정적인 생각이 메아리쳤다.

담당 검사는 여자였다. 나보다 나이가 조금 많았는데, 누나뻘 되는 분이었다. 그런데 그녀는 나를 비난하긴커녕, 오히려 나를 위로했다.

그녀도 사건을 잘 마무리하고 싶다고 했다. 검사의 인간적인 모습에 내심 감동했다. 그간 검사를 직접 본 적 없던 나는 그들이 무조건 무섭고 피해야만 하는 존재는 아니라고 생각했다. 솔직한 내 심정으로는 당시 나를 비난한 동료보다 그 검사가 더 고마웠다.

나는 이 일로 검찰청에 세 번이나 불려가서 경위를 진술했다. 하지만 검찰에서는 그 일로 문제 삼지 않기로 했다. 단, 징계 절차를 밟아서 통보하라는 '기관통보'를 했다. 이후에는 경찰서 청문감사실에서 조사받았다. 청문감사실은 경찰관에 대한 비리, 민원 등을 조사하는 곳이다. 당연히 현직 경찰관들이 좋아하는 부서는 아니었다.

감사실 조사에도 업무 미숙으로 인한 실수가 인정되었다. 다행히도 경고 조치로 모든 게 끝났다. 이 사건으로 나는 4개월 정도 시달렸다. 나는 다시는 실수하지 않겠다고. 다짐하고 또 다짐했다.

이 일로 나에게는 많은 불이익이 있었다. 하지만 어쩌겠는가. 내가 감당해야 할 문제인 것을. 그렇게 사건에 대해 잊어가고 있을 때였다.

다음 해, 한 기자가 이 사건을 취재했다는 소식을 들었다. 다 끝난 사건을 지금 들춘다고? 잊을 만했는데, 이제는 방송으로 보도된다는 것이다. 내가 이런 식으로 이름을 알리는 것인가? 그렇게 결국 뉴스에 보도되고 말았다. 그것도 저녁 8시 주요 뉴스에. 인천서부경찰서 간판까지 영상에 떡하니 나와버렸다.

변사사건에 대한 검사 지휘를 무시한 경찰관이 전국에 딱 3명이 있다고 한다. 1명은 수도권 모 경찰서, 또 1명은 지방 모 경찰서, 마지막 1명이 바로 나였다. 물론 두 사람과 달리 나는 초임 형사에 업무 미숙이었기에 두 사건과는 격이 달랐다. 하지만 전국 13만 경찰 중에 3위 안에 내가 들다니. 나는 전국에서 넘버 쓰리였다.

이 보도로 다시 감찰 조사를 받았다. 이번에는 경찰서가 아닌, 상위 부서인 지방청 감찰이었다. 이제는 정말 나를 죽이려나 보다 생각했다. 그런 생각을 하니 이제는 나도 오기가 생겼다. 다 끝난 사건을 다시 조사받는 내 마음이 어떻겠는가. 얼마나 화가 났는지 모른다. 처벌받은 사람은 다시 처벌 못하는 '일사부재리' 원칙도 '경고' 조치에는 소용이 없었다. 경고는 징계가 아니기에 언제든 다시 처벌이 가능하다는 것이었다.

이 사건으로 나는 어떻게 되었을까?

다시 경고 조치를 받고 사건은 막을 내렸다. 나는 정말 증거를 인멸할 생각은 전혀 없었다. 그냥 심부름하다 지휘서를 제대로 보지 않은 바보짓을 했던 초임 형사였다. 솔직히 억울하기도 했었다.

하지만 결국은 모든 게 내 실수다. 초임이든 뭐든, 지휘서 하나 제대로 읽어보지 않았던 내 잘못이다. 나는 경찰의 작은 실수로 어마어마한 일이 생길 수 있다는 것을 알게 되었다. 즉, 경찰 업무에는 무거운 책임감이 따른다는 것을 절실하게 실감했다.

조사를 마치자 새로 오신 형사과장님이 사무실로 나를 호출했다. '또 욕을 먹겠구나' 나는 각오를 한 후, 들어갔다. 진짜 경찰을 그만둘 생각까지 했다. 아니, 경찰은 계속해도 형사는 그만두고 싶었다. 형사과장실에서 긴장한 채 서 있는 나에게 그분이 다가와 말씀하셨다.

"이 형사, 괜찮으니까 앞으로 실수하지 마. 그리고 이런 일로 기죽지 말고. 형사는 기죽으면 안 돼."

나는 과장님의 따뜻한 위로의 말에 걱정이 눈 녹듯 녹아내렸다. 그리고 나는 형사과에 남기로 했다.

초임 시절, 일생일대의 큰 경험을 겪고 나니, 어지간한 일에는 쉽게 흔들리지 않는 강철 멘탈을 가지게 되었다. 민원을 제소당해도, 언론 보도가 터져도 크게 두렵지 않았다. 그렇게 나는 더 강해지고 성장해 나갔다.

컴맹,
사이버 수사팀에 도전

나는 사이버 수사에 로망을 가지고 있었다. 나에게는 다소 생소한 분야지만 한 번은 경험해보고 싶었다.

사이버팀은 경찰서 수사과 소속이다. 그곳은 형사과와 달리, 교대 근무가 없다. 나는 평일에 출근해서 퇴근하고, 주말에는 가족과 함께 보내는 일상을 꿈꿔왔다. 그래서 사이버팀에 도전했다. 비록 컴퓨터는 전혀 모르는 컴맹이지만, 가서 배우면 된다고 생각했다. 하지만 나의 예상과 달리, 사이버팀은 전혀 한가한 부서가 아니었다. 모든 게 나의 착각이란 것을 경험하고 나서야 깨달았다.

사이버팀은 형사과와 분위기가 사뭇 다르다. 예를 들어, 강력팀이 팀 단위로 근무한다면, 이곳은 각자도생이었다. 나에게 배당된 사건 위주로 하면 된다. 이런 분위기가 장단점은 있다. 처음에는 혼자서 사건을 하는 게 편했다. 내 사건만 신경 쓰면 퇴근도 마음대로 했으니 말이다. 하지만 규모가 크거나 힘든 사건은, 도와주는 사람이 없어 전에 있었던 강력팀이 그립기도 했다.

사이버팀에서는 주로 중고나라, 당근마켓 거래로 생긴 인터넷 사기 사건이 많다. 좀 더 지능적인 범인은 인스타그램처럼 해외 사이트로 범행한다. 해외 사이트는 국내 사이트에 비해 추적이 어렵다. 그리고 게임 아이템을 거래하는 과정에서 생기는 게임머니 사기도 상당했다.

무엇보다 이들은 대금을 계좌로 송금 받는다. 대포 계좌를 이용하기도 한다. 이런 특성 때문에, 금융계좌 분석은 필수이고 사이트 수사도 진행한다. 이 모든 게 판사의 영장이 있어야 가능하다. 사이버사건은 한마디로 손이 많이 갔다.

사이버팀은 내근 부서지만 외근도 자주 한다. 일단 범행 자체가 전국구로 이루어지고, 범인이 출석을 거부하는 일이 다반사였다. 나는 그들을 검거하러 대구, 경기 등 각지를 돌아다니곤 했었다. 사이버팀은 내근과 외근의 중간에 걸쳐 있는 느낌이다.

사이버팀의 단점은 사건이 너무 많은 것이다. 내가 최고로 많은 사건을 보유한 것은 150건이었다. 이쯤 되면, 수사를 처음 배운 직원은 거의 멘탈이 무너진다. 나 역시 서류를 쳐다보기도 싫었다. 나를 찾는 전화가 오면 어떤 사건 피해자인지 몰라, 서류를 찾아 한참을 헤매기도 했다.

나는 이곳에서 인터넷 사기사건 말고도 다양한 사건을 경험했다.

연예인, 유튜버의 댓글로 인한 명예훼손, 모욕사건도 담당했다. 당시 이름만 대면 알 만한 유명인들의 고소사건이었다.

그래도 이 정도면 양호한 편이다. 가장 심각한 것은 남성의 경우 알몸 동영상을 지인에게 유포해서 돈을 요구하는 '몸캠피싱', 성매매 목적의 '조건만남' 사기가 있다. 여성의 경우 SNS를 통해 연인처럼 지내다 돈을 뜯기는 '로맨스 스캠' 사기가 있다.

내가 기억나는 사건이 있다. '조건만남' 사기였다. 하룻밤에 무려 4,000만 원을 사기당했다. 피해자는 어느 날 조건만남 성매매 사이트에 접속했다. 그곳에서 한 여성과 알게 되어 SNS로 대화하다 만나기로 했다. 만남의 장소는 모텔. 물론 목적은 성매매였다.

피해자는 모텔에 들어가 자신의 장소를 여성에게 알렸다. 성매매 비용은 15만 원. 그는 여성이 불러준 계좌로 현금을 송금했다. 물론 대포계좌다. 그 여성은 바로 올 것처럼 하고는 그에게 "혹시 이런 거, 처음이세요?"라고 묻는다. 그는 처음이라고 한다. 그러자 "그럼, 저희 실장님에게 물어볼게요. 저희는 법인으로 운영하는 회사예요. 법무팀도 있어요"라는 터무니없는 말을 한다.

하지만 피해자에게 이런 사실은 중요하지 않았다. 여성을 만나기만 하면 되니 말이다. 그는 설레는 마음으로 여성을 기다린다. 그때 실장에게 연락이 온다. "손님이 우리 여성 몰카 촬영할 수 있으니, 보증금으로 30만 원 입금하세요. 성매매 끝나면 돌려드려요."

피해자는 의심 없이 현금을 송금한다. 이미 45만 원이나 송금했다.

그러자 실장은 그에게 화를 내며 말한다. “아니 입금자명을 ‘보증금’이라고 해야 하는데, 그냥 보내시면 어떻게 해요. 이거 시스템 망가져요. 다시 30만 원 송금하세요.” 어처구니가 없다.

이쯤 되면, 누구나 사기라는 것을 눈치채지만, 피해자는 아니었다. SNS로 한쪽에서는 여성이 만나자고 온갖 유혹을 하기 때문이다.

실장은 이번에는 입금자명을 ‘홍길동’으로 하라고 한다. 피해자는 또 실수한다. 실장은 모든 것을 그의 탓으로 돌리며 같은 금액을 송금해야 돌려받는다며 엄포를 놓는다. 그렇게 금액은 두 배, 세 배로 점점 커지면서 하룻밤 사이에 4,000만 원이라는 돈을 뜯기게 된 것이다.

참 한심하면서도 안타까웠다. 성매매하려다 이런 꼴을 당한 셈이니 말이다. 하지만 수사관인 나는 나의 일을 했다. 끝까지 추적해보았다. 하지만 그들을 검거할 수 없었다. 기껏해야 통장 명의자를 검거했다. 명의자도 이 사실을 모르고 통장을 빌려주었다고 한다. 진짜 범인은 잡을 수 없었다. 사이버 범죄는 예방이 중요하다는 것을 새삼 느끼게 된 사건이다.

한 40대 여성은 수개월 동안 FBI 수사관과 메일을 주고받았다. 그의 이름은 레이몬드. 훌륭한 미국 연방 수사관이라고 한다. 그는 메일로 그녀와 온갖 달콤한 말을 속삭였다. 여성은 구글 번역으로 영문 메일을 해석하며 레이몬드의 사랑을 확인하곤 했다.

어느 날 레이몬드가 그녀에게 선물을 보냈다고 했다. 미국 유명 택배회사를 통해 말이다. 상자 안에는 고가의 귀금속이 들어 있다고 했다. 여성은 놀라면서도 기쁨을 감추지 못했다. 다시 한번 레이몬드의 사랑을 확인하는 순간이었다.

하지만 택배는 하루, 이틀, 일주일이 지나도 도착하지 않았다. 레이몬드가 다시 메일을 보내왔다. "지금 택배가 IMF 기관에 걸려서 통관료를 내야 갈 수 있어. 그 돈을 내가 불러주는 계좌로 송금해줘. 다시 돌려줄게"라고 말한다. 물론 거짓말이다. IMF와 택배가 무슨 상관이 있겠는가. 하지만 여성은 의심 없이 돈을 송금한다. 레이몬드의 말이었으니까.

수일이 지나도 택배는 도착하지 않는다. 다시 레이몬드에게 메일이 도착했다. "큰일이야. 이번에는 UN에 걸려 있어. 이거 불법이라고 돈 입금해야 한다는데."

피해자는 다시 돈을 입금한다. 그렇게 택배는 IMF, UN 등 세계를 좌지우지하는 주요 기관을 거치며 피해자의 돈을 가져간다. 뒤늦게 이 사실을 안 피해자가 경찰서에 찾아왔다.

나는 사건을 접수해주면서 그녀에게 이 수법이 여성을 대상으로 하는 '로맨스 스캠' 수법의 사기라고 모두 설명했다.

피해자는 "레이몬드가 그럴 리 없어요"라며 나의 말을 믿지 않았다. 핸드폰으로는 레이몬드와 메일을 주고받고 있었다. 그녀는 경찰보다 범인을 믿었다. 진심으로 그를 사랑했나 보다. 나는 그녀를 이해시키기 위해 한참을 설명해야 했다.

이 사건도 '조건만남'처럼 범인을 검거하지 못했다. 인스타그램 계정은 삭제가 쉬워 추적이 어렵기 때문이다. 계좌는 예상대로 대포 계좌였다.

사람 마음을 이용해 돈을 뜯는 범인들. 나는 세상에서 그들이 제일 악질이라 생각한다. 그녀는 남편과 이혼하고 외롭게 살았었다. 그러다가 우연히 SNS로 자신에게 관심을 보인 레이몬드에게 마음을 준 것이다. 그게 사기꾼인 줄도 모르고. 이런 종류의 사건은 모두 '보이스 피싱'과 같이 범인을 검거하기 어렵다. 그래서 무조건 예방이 중요하다.

그렇다고 내가 사이버팀에서 항상 범인 검거에 실패한 것은 아니다. 이런 종류의 사건 특성 때문에 검거가 어려운 거지, 나는 이곳에서 많은 범인을 검거했다. 도박사이트 운영자들을 소탕하기도 했고, 상습 인터넷 사기범들을 수없이 검거했다. 형사과에서 근무한 경험이 이곳에서 일하는 데, 큰 도움이 되었다.

사이버팀에는 사이버 특채 전형으로 합격해 같이 근무했던 누나가 있었다. 그 누나는 사기업에서 보안 담당으로 일했다고 한다. 나는 누나에게 많은 것을 배웠다. 사이버상에서 이루어지는 추적 기술과 전문적인 지식을 습득했다. 컴퓨터에 대해 몰라도 전문가의 조언과 내 노력으로 누구보다 뛰어난 사이버 수사관이 될 수 있다는 것을 깨달았다.

나는 컴맹이었다. 지금도 컴퓨터에 대해 잘 알지 못한다. 하지만 이런 나도 사이버팀에서 훌륭하게 적응했다. 필요한 것은 내가 해보겠다는 의지와 그곳에서의 노력이지, 재능이나 지식이 전부가 아니다. 사이버팀에서의 수사 경험은 나에게 엄청난 자산이 되었다.

승진,
나에게만 없는 것

"조직생활에서 제일 중요한 게 뭔지 알아? 업무에 대한 보람? 아니야. 첫 번째가 승진. 두 번째가 돈. 세 번째가 인사. 네 번째가 업무에 대한 보람이야. 업무에 대한 보람이 제일 마지막이야."

나와 함께 근무했던 강력팀장님의 말이다. 어떻게 보면 안타까운 말이지만, 틀린 말도 아니다. 조직생활에서 승진만큼 중요한 것도 없다. 승진은 모든 직장인의 꿈이기도 하다. 그만큼 많은 사람이 욕심을 내고 있다. 그것은 경찰도 마찬가지다. 승진시험을 보기 위해 퇴근 후 독서실로 가는 사람도 많다. 또한, 특진하기 위해 일에 파묻혀 사는 사람도 있다.

나는 채용시험을 준비할 때 공부가 너무 힘들었다. 그 아픈 기억 때문에 승진공부는 절대 하지 않겠다고 버릇처럼 말했다. 하지만 막상 경찰에 입직해보니, 승진을 마냥 무시할 수는 없었다.

순경 1년 차가 되자, 동기들 모두 승진시험을 보겠다고 했다. 하지만 그때까지도 나는 보지 않기로 했다. 당시 결혼을 앞두고 준비할 게 많아 여러 가지로 힘들었기 때문이다. 사실 하려면 할 수 있었다. 내가 하기 싫었으니 안 되는 핑계를 댄 것이다.

경찰 승진시험은 보통 매년 1월 둘째 주 토요일에 치른다. 동기를 비롯해 선배들도 승진시험을 준비했다. 당시 경찰청장께서는 승진시험 문제를 쉽게 출제한다고 하셨다. 그러자 너도나도 승진시험에 몰린 것이다. 모두가 시험을 본다고 하니, 신청하지 않은 나만 바보가 되었다. 끝내는 현실에 순응하며 나도 시험을 신청했다. 공부는 전혀 하지 않은 상태였다. 결국 나는 시험장에 가지 않았다. 어차피 공부하지 않아서 합격하지 못할 거라고 생각했기 때문이다.

하지만 시험을 본 동기들 대부분이 합격했다. 모두 순경에서 경장이 되었다. 정말 시험이 쉽게 나왔던 것이다. 심지어 2, 3개월 남짓 공부하고 합격한 사람도 있었다. 나는 어차피 시험장에 가지도 않았으니, 담담해 보이려고 애를 썼다. 하지만 속으로는 후회가 막심했다. '공부 좀 할걸' 하는 생각에 짜증이 났다. 더욱 황당한 것은 나를 보는 사람마다 전부 힘내라고 위로의 말을 건네는 것이었다. "다음에 꼭 경장 진급하라"고 하면서 말이다.

그럴 때마다 나는 그들에게 해명해야 했다. 나는 시험장을 가지 않았다고. 시험을 본 적이 없다고 말이다. 하지만 이미 그들의 눈에는 내가 실패자로 보였나 보다. 한 선배는 나에게 이렇게 말했다.

"차라리 시험을 신청하지 말지, 왜 신청해서 위로받고 있니? 더 기분만 나쁘게 말이야."

사실 그의 말에 기분이 더 상했었다. 차라리 말이나 하지 말았으면. 나는 초임 순경 시절, 승진이 조직생활에 얼마나 큰 영향을 미치는지 알게 되었다.

나는 그해에 지구대 관리반 업무를 6개월 정도 했었다. 관리반은 내근직이다. 순찰팀 직원들을 지원하거나 행정 업무, 지구대장을 보조하는 업무를 한다. 6개월 근무하고 형사과로 가려고 하는데 지구대장님이 나를 말리셨다. 내년에 내가 심사 승진할 수 있으니 가지 말라고 당부하셨다. 그러나 나는 내 고집대로 형사를 하겠다며 지구대를 떠났다. 그리고 내 관리반 자리는 후배 순경에게 물려주었다.

다음 해에 내가 있던 관리반 자리에서 심사 승진이 나왔다. 내 후임으로 온 후배가 된 것이다. 승진은 나를 비켜가고 있었다. 하지만 아직이었다. 나의 승진 실패 과정은 이제 시작이었으니까.

나는 형사과에서 근무할 때 문제가 하나 있었다. 그것은 내가 감찰 조사받았다는 사실이다. 다음 해에도 심사 승진에는 내 이름이 없었다. 표창도 받지 못했다 그래도 담담하게 받아들였다. 나처럼 대형 사고 친 놈을 누가 이뻐해준단 말인가. 그래도 형사과에 있으면서 내 할 일은 했다. 나에게 배당받는 사건 말고도 더 많은 일을 했다. 내가 수사하는 범인이 다른 부서, 다른 경찰서에 사건이 접수되어 있으면, 그 사건을 받아와 함께 처리하곤 했다.

하루는 형사팀장님이 나에게 경장 특진을 올려보자고 하셨다. 사실 내 업무 실적도 나쁘지 않은 편이었다. 팀장님은 내가 특진에 유리하다고 생각하신 것 같았다. 나는 늦었지만 특진해보자 마음먹고 서류를 만들기 시작했다. 하지만 해봤어야 알지, 서류 만든 경험이 없어 애를 많이 먹었다. 서류를 제출하고 심사하기 일주일 전이었다. 내가 있던 형사과에서 의무 위반 사고가 발생했다. 나는 경장 특진에 떨어졌다. 사고가 발생한 부서에 있는 직원을 어떤 지휘관이 승진시키겠는가. 나는 또 승진에 실패했다.

다음 해에 나는 가까스로 심사 승진에 합격했다. 근속 승진 5개월을 앞두고 되었다. 다들 워낙 승진을 빨리했기에 그렇게 기쁘지는 않았다. 그냥 속으로 '천만다행이다. 그래도 근속 승진은 면했구나'라는 생각뿐이었다. 그해에 경장을 달기 전, 순경 계급으로 인천기동대 전출을 갔는데, 부대 안에 순경은 나와 동기, 이렇게 단 2명이었다. 그렇게 나만 빼고 다들 승진이 빨랐다.

이제는 경사승진을 생각할 때가 되었다. 그때 나는 한창 강력팀에서 근무하다가 사이버팀으로 옮겼다. 당시 형사과 선배들은 나에게 가지 말라고 뜯어말렸다. 형사과에서 경장 계급 중에 내가 제일 고참급이었기 때문이었다. 심사 승진에 내가 될 가능성이 높다고 했다.

하지만 나는 결정한 대로, 사이버팀으로 이동했다. 내 고집도 어지간했나 보다. 그러곤 다음 해에 승진발표를 지켜보았다. 놀라웠다. 정말 형사과에서 경사급 심사 승진이 나온 것이었다. 내 다음 순번 후배가 경사로 승진했다. 내가 있던 자리는 항상 후임자가 잘되는 자리였나 보다.

기분이 씁쓸했다. 발표 후에 경찰서 주차장 쪽을 지나다 우연히 형사과 선배를 만났다. 그는 "너 형사과에 있었으면 네가 승진했을 텐데" 라고 말했다. 하지만 지금 와서 말해봐야 무슨 소용이 있단 말인가.

나는 사이버팀에서 뒤늦게 경사 승진시험을 준비했다. 사건이 너무 많아 공부할 여유조차 없었지만, 시험을 두 달 남기고 죽어라 공부했었다. 8kg 정도 체중감량까지 되었다. 퇴근하고 24시간 스터디카페에서 새벽 4시까지 공부하고, 몇 시간 못 자고 출근하고를 반복했다.

하지만 결국 시험에 실패했다. 공부량이 부족했던 거다. 하지만 핑계는 없었다. 다 내 능력이 부족했던 거였다. 나는 시험에 떨어지고 패배자의 모습으로 다시 출근했다. 내 책상에는 밀린 사건이 수북하게 쌓여 있었다. 나는 사건을 정리하느라 우울함을 느낄 여유도 없었다.

이렇게 나는 경사 시험에도 실패했다. 그렇다고 내가 승진을 못 한 것은 아니다. 우리 경찰은 근속 승진제도가 있다. 최근에 나는 지구대에서 근속으로 경사승진을 했다. 그날은 나에게 어떤 날보다 기억에 남았다. 소중한 동기들이 승진 축하 현수막을 보내왔다. 그 현수막에는 내가 운동하면서 상의 탈의했던 모습의 사진과 진급을 축하한다는 문구가 대문짝만 하게 있었다. 나는 한참을 웃었다. 어떻게 이 사진으로 현수막을 만들 생각을 했을까. 역시 내 동기들다웠다. 그리고 지구대장님과 팀장님, 팀원들이 나에게 꽃다발을 주며 진심으로 축하해줬다.

나는 똑똑하지 못해서 남들처럼 시험 승진을 하지 못했다. 조직 생활 능력이 뛰어나 심사 승진에 계속 성공해온 것도 아니었다. 특별 승진도 나에게는 거리가 멀었다. 그렇다고 내 경찰생활이 실패라고 생각하지 않는다. 비록 근속으로 경사에 승진했지만, 어떤 승진보다 값지고 귀한 추억이 되는 날이었다.

3장

대한민국 경찰관으로 산다는 것

안타까운 죽음을 마주하다

내가 신임 순경으로 지구대에서 약 3개월 정도 근무했을 때였다. 야간 근무 날, 가정폭력 현장에 출동했다. 가정폭력사건은 급박한 상황이 자주 발생했기에 상당한 주의가 필요하다. 경험이 부족했던 나는 노련한 선배와는 달리 바짝 긴장했다.

현장에 도착해보니, 신고한 여성의 집에 남성이 같이 있었다. 알고 보니 단순 말다툼이었다. 가정폭력 업무매뉴얼에 따라 두 사람을 분리하고 이야기를 들어보았다. 그들은 동거한 사이였는데 최근 헤어졌다고 했다. 남자가 짐을 가지러 집에 왔는데 다시 말다툼이 생겨서 홧김에 여성이 신고한 것이었다. 선배와 나는 그들이 더는 싸우지 않도록 말리면서, 남성이 짐만 가져오도록 해주었다. 그리고 그를 귀가시켰다. 이 사건은 두 사람을 분리 조치한 것으로 일단락되었다.

약 3주 후, 다시 야간 근무 날이었다. 이번에는 자살 신고를 접수했다. 친구로부터 죽고 싶다는 자살 암시 문자를 받았으니, 생사를 확인해달라는 내용이었다. 급하게 요구조자 집에 도착했다. 알고 보니 그곳은 얼마 전 가정폭력으로 출동한 집이었다. 나는 혹시라도 요구조자가 잘못되었을까 봐 걱정되었다. 집 앞으로 가서 문을 두드렸다. 그러나 아무런 인기척이 없었다. 나는 더욱, 세게 문을 두드려보았다. 얼마나 지났을까. 잠시 후 문이 열리고 한 여성이 나와 우리를 맞이했다. 나는 아차 싶었다. 그녀는 3주 전 가정폭력사건에 출동해서 만났던 여성이었다.

다행히도 자살 시도한 흔적은 없었다. 나는 일단 안심한 후 그녀와 진지하게 이야기를 나누었다. 그녀는 "얼마 전에 아버지가 돌아가셨어요. 그래서 힘들었는데 친구가 걱정되어 신고한 거예요. 별거 아니에요"라고 말했다.

바로 그때, 그녀의 친구들이 집에 도착했다. 그들은 오자마자 여성의 뺨을 때렸다. 그러곤 "야! 너 남자랑 헤어지면 인생 끝나는 거니? 죽겠다고 하면 어떻게 해?"라고 소리쳤다. 놀란 나는 친구들을 말리려고 했다. 그러자 친구들은 다시 그녀를 껴안고, 죽지 말라고 하며 엉엉 울며 위로했다. 그녀의 친구는 정신 차리라고 뺨을 때린 것이었다. 그제야 그 여성도 친구를 껴안고 울었다. 친구를 보니 그동안 참았던 울음이 나왔나 보다. 그녀는 얼마 전 부친이 사망한 후, 최근 남자친구와 이별까지 하게 되어 슬픔을 견디기 어려웠다고 했다.

친구들은 그 여성과 함께 있어주기로 약속했다. 그녀 또한 죽지 않겠다고 하기에 나와 선배는 안심하고 집을 나왔다. 이런 좋은 친구들이 함께 있으면 더는 죽겠다고 하지 않으리라 생각했다.

하지만 이런 나의 예상은 완벽히 빗나갔다. 몇 주 후, 안타깝게도 그 여성은 극단적인 선택을 했다. 스스로 목숨을 끊은 것이었다. 내가 초임 순경이라 감정이 무디지 않아 그런 것일까. 가슴이 미어졌다. 이제 스무 살 갓 넘은 꽃다운 나이였는데. 힘내라고 와준 친구도 있었는데. 이렇게 허무하게 끝나버릴 줄은 생각조차 하지 못했다.

그 이후에도 현장에서 많은 사람의 죽음을 목격했다. 특히 스스로 죽음을 선택한 사람들을 볼 때면, 너무나 가슴 아팠다. 하지만 시간이 흐르자 나의 가슴도 무뎌져갔다. 그래서 아무렇지 않을 줄 알았다. 그러나 나는 강력팀 형사를 하며, 다시 안타까운 죽음을 마주하게 되었다.

강력팀 막내로 근무할 때였다. 평소 간단한 사건 처리와 보조 업무를 해오다가 처음으로 제법 까다로운 사건을 담당하게 되었다. 침입 절도사건이었는데, 전문적인 고물상 털이 절도사건이었다.

범인은 2명이었다. 그들은 지인 명의 화물차를 타고 범행 장소 주변에서 내린 후, 옷을 갈아입고 복면을 착용해 감쪽같이 변장했다. 그러곤 CCTV를 피해 산을 넘어, 아무도 없는 공장에 들어가 화물차를 훔쳤다. 이 화물차를 타고 인근에 있는 고물상에 침입해서 구리와 고철 등 돈 될 만한 것을 몽땅 차량에 실은 뒤에 도주한 것이다.

이들의 치밀함은 여기서 끝이 아니었다. 범행 장소에서 수십 킬로미터 떨어진 야적장으로 가서 처음 타고 온 화물차에 고철을 옮겨 담았다. 훔친 화물차는 인적이 드문 장소에 버리고, 고철을 실은 차를 타고 유유히 도주한 것이다. 정말 치밀하고 용의주도했다. 더 놀라운 것은 그들이 화물차를 시동 키 없이도 차량 내부에 있는 전선을 조작해서 운행할 정도의 전문가였다는 것이다.

그들의 범행은 어지간한 절도범은 흉내 낼 수 없는 수법이었다. 나는 약 한 달 동안 추적 끝에 범인 1명의 집을 알아냈다. 예상했던 대로, 그는 얼마 전 교도소에서 출소한 전과자였다. 나는 체포영장과 통신영장을 발부받았다. 그리고 범인의 핸드폰을 실시간 위치추적 끝에 지방 어느 곳에서 체포했다. 그러곤 팀원들과의 상의 끝에 구속영장을 신청했다.

당시 선배들은 나에게 말했다. "이 형사, 이 정도면 무조건 영장 발부될 거야. 혐의 부인하지, 공범에 대해 묵인하고 있지, 누범기간이지. 이것은 발로 서류를 만들어도 영장 발부될 사건이야."

나 역시 당연히 영장이 발부된다고 생각했다. 이런 사람을 구속하지 않으면 누구를 구속하겠는가. 하지만 모두의 예상과는 반대로, 그는 구속되지 않았다. 판사가 영장을 기각했다. 도주 우려와 증거인멸 우려가 없다고 했다. 어쩔 수 없이 범인을 석방해야 했다. 나는 경찰서 유치장에 있던 그를 석방하면서 말했다.

"지금 석방된다고 끝이 아닙니다. 추가 조사해야 합니다."

석방된 그는 주기적으로 나에게 전화했다. 그러나 공범에 대해서는 끝까지 말하지 않았다. 의리를 지키고 싶은 것인지, 혼자서 감당하고 싶은 것인지, 전화할 때마다 묵묵부답이었다. 가끔 나와 통화할 때면, 죽고 싶다는 말만 했었다.

그는 죄를 지어 처벌받아야 할 사람이었지만, 죽고 싶다며 인간적인 괴로움을 토로하기도 했다. 이럴 때 경찰관으로서 나는 어떻게 대처해야 할까? 피해자가 있는 절도사건을 없는 것으로 만들어야 하는 것일까? 그렇다고 죽고 싶다는 사람을 무조건 죄인이라고 비난하며 사지로 몰아넣는 것이 옳은 것일까?

나는 그에게 극단적인 생각은 하지 말라며 위로했다. 앞으로는 힘들 때마다 나에게 전화하라고 하며 내 개인 핸드폰 번호도 알려주었다. 무엇보다 가족을 생각하라고 말했다.

이런 나의 노력에도 불구하고, 결국 그는 스스로 목숨을 끊었다. 그가 사망한 곳의 경찰서로부터 소식을 듣고 적잖게 충격을 받았다. 정말 죽을 줄은 몰랐기 때문이다. 대체 얼마나 커다란 마음에 상처가 있어 이런 극단적인 선택을 한 것인지 나는 알 수가 없었다. 죽은 자는 말이 없기 때문이다.

'나 때문에 그런 선택을 한 것인가? 내가 그를 수사해서? 그를 피의

자로 검거해서? 차라리 구속되어 구치소에 있었다면 살아 있지 않았을까?'

오만 가지 생각이 다 들었다. 그는 나보다 나이도 많았다. 그에게 강압적인 수사는 물론이고 함부로 대한 사실조차 없었다. 나는 유족에게 민원을 제기당할 각오를 했다. 이유가 어찌 되었든, 경찰이 수사 중인 범인이 극단적인 선택을 했으니 말이다.

하지만 유족들은 민원을 제기하지 않았다. 다만 체포 당시 압수했던 물건만 돌려달라고 요청했다. 비록 그가 죄를 지었지만, 생전에 있던 단 하나의 유품이라도 받고 싶다고 했다. 나는 유족의 요청대로 검사에게 지휘받아서 유품을 돌려주었다. 그리고 이 절도사건은 불기소로 종결했다.

지금까지 나는 경찰생활을 하며 많은 사람의 죽음을 목격했다. 내가 마주했던 많은 죽음 중에 이 두 사람을 생각하면 지금도 안타깝다.

경찰관이기 전에 나도 사람이다. 사람으로서 나는 이런 생각이 들곤 한다. 내가 그들의 죽음을 막을 방법이 있었을까. 그들이 나 때문에 그런 선택을 한 것은 아닐까. 나의 능력이 부족했던 것은 아닐까. 내가 그들에게 어떤 도움을 줄 수 있었을까.

두 사람의 죽음은 지금도 나에게 가슴 아픈 기억으로 남아 있다.

살인,
그 용서받을 수 없는 범죄

'하인리히의 법칙'이라고 들어봤는가?

산업재해로 1명의 중상자가 나오기까지 같은 원인의 경상자가 29명, 또 같은 원인의 잠재적 부상자가 300명 있다는 통계 사실을 기초로 한 원칙이다. 1920년, 미국 보험회사 관리자였던 허버트 W. 하인리히(Herbert William Heinrich)가 주장했다.

강력팀에서 막내 형사로 근무했던 시절, 이상할 정도로 강력사건이 자주 발생했다. 특히 칼과 연관된 신고가 많았다.

"칼을 들고 위협한다. 아빠가 칼을 들었다", "손님이 칼 들고 행패를 부린다. 칼로 나를 찌르려고 한다"라는 112신고가 당직 근무 날마다 있었다.

당시에는 112 총력대응 시스템이라는 제도가 있었다. 이 제도는 강력사건이 신고될 경우, 신고 출동하는 지역 경찰관 말고도 강력팀, 여성 청소년 수사팀 등 경찰서 모든 부서가 총동원되어 진압하는 제도다.

나는 여러 강력사건 신고, 특히 칼과 관련된 사건으로 자주 출동했다. 그러나 막상 나가보면, 큰 피해가 있는 경우는 거의 없었다. 때로는 허위 신고도 있었다.

그런데 하인리히 법칙 때문이었던 것일까? 진짜 칼로 인한 사건이 하나 터졌다.

우리 팀이 점심 식사하러 자주 가던 식당이 있었다. 그곳에서 칼 사건이 발생한 것이다. 식당 주인의 목을 칼로 찌른 살인미수사건이었다. 식당 안은 온통 피바다였다. 다행히도 피해자는 생명에 지장은 없었다.

신속히 범인을 검거하고, 일주일도 안 되어 수사를 끝냈다. 우리는 그를 구속해서 검찰에 송치했다. 살인이나 강도와 같은 강력사건은 다른 사건에 비해 비교적 신속히 해결해야 한다. 범인이 도망하거나 또 다른 피해자가 나올 수 있기 때문이다.

그 사건을 검찰에 송치한 날, 다시 당직 근무를 했다. 큰 사건을 치러서 쉬고 싶었지만 교대로 돌아가는 당직으로 퇴근하지 못했다. 강력팀 당직 근무는 보통 24시간이다. 그날에 강력사건이 터지면 다음 날 퇴근하지 못하는 경우도 빈번하다.

그날 자정이 넘어가자 너무 피곤해 졸음이 쏟아졌다. 고생했던 우리 팀원 모두 녹초가 되었다.

그런데 새벽 3시쯤 되었을까. 내 사무실로 전화벨이 울렸다. 받아보니 경찰서 근처 병원이었다. 자상 입은 환자가 있다는 것이었다. 평소 자상 환자가 있다는 제보가 하도 많아서 별일 아닐 거라 생각하고는 선배와 같이 병원으로 갔다. 병원에 도착하자 직원은 우리를 응급실로 안내했다. 종합병원의 경우 야간에는 응급실만 운영하고 있어 별로 놀라지 않았다. 그런데 이번에는 응급실 안에서 또 다른 곳으로 우리를 안내했다. 마치 밀실 같은 곳이었다. 그곳은 특수한 환자들을 치료하는 곳 같았다.

그곳을 본 나는 놀랄 수밖에 없었다. 눈앞에 엄청난 풍경이 펼쳐졌다. 간호사들이 이리 뛰고 저리 뛰며 분주하게 움직였다. 침대에는 건장한 남성이 누워 있는데 의식이 없었다. 그 위로 건장한 간호사가 올라타 땀을 뻘뻘 흘리며 손으로 심폐소생술을 하고 있었다.

더욱 기가 막힌 것은 남성의 몸에는 수십 번 넘게 칼에 찔린 자국이 있었다. 이것은 명백한 살인이었다! 살인미수범을 검찰에 보낸 지 반나절 만에 다시 살인사건이 터진 것이다. 이번에는 미수가 아닌 진짜 살인으로 말이다. 더 큰 사건이었다. 하인리히 법칙이 딱 들어맞는 순간이었다.

선배는 나를 보고 팀장님께 연락하라고 했다. 연락받은 팀장님과 다른 팀원이 현장에 도착했다. 우리는 형사들을 전원 소집했다. 새벽에 자다가 일어난 형사들이 현장에 하나둘 오기 시작했다.

사건의 전말은 이러했다. 죽은 남성은 모 조직폭력배로 같은 조직원 간에 불화가 있었다. 이 문제로 말다툼을 하다 한 사람이 미리 준비한 칼로 그를 찌른 것이다. CCTV에 두 사람이 싸우는 모습이 어렴풋이 확인되었다. 그림자처럼 작은 모습이었지만 칼로 찌르는 모습이 어렴풋이 보였다. 사람이 어떻게 저럴 수 있을까. 정말 잔인했다.

범인은 현장에서 차를 타고 도망갔다. 그 뒤 누군가 그곳에 쓰러진 피해자를 발견하고 신고한 것이다. 두 사람이 싸운 현장을 보니 난장판이었다. 범인이 미처 가져가지 못한 칼도 떨어져 있었다.

우리 팀은 그날 퇴근하지 못했다. 범인을 잡아야 했으니 말이다. 더 힘들었던 것은 보통 강력팀은 팀장을 포함해 5명인데 1명이 몸이 아파 병원에 있었다. 결국 4명이 사건을 해결해야 했다. 무엇보다 나는 막내 형사이었기에 실질적으로 할 줄 아는 게 없었다. 선배들이 하는 것을 어깨너머로 배우거나 간단한 사건만 처리했기 때문이었다. 나에게 이런 큰 사건은 상당한 부담으로 다가왔다.

범인은 지방 어느 도시에서 검거되었다. 다행히 다른 팀이 도와서 하루도 되지 않아 범인을 검거할 수 있었다. 범인은 평소 사이가 좋지 않은 피해자와 다투다가 우발적으로 죽였다고 했다. 그런데 그는 피해자를 만나러 갈 때 이미 칼을 준비했었다. 과연 우발적이라고 한 그의 말이 진실일까? 우리는 그를 살인죄로 구속하고 검찰에 송치했다.

나는 연속으로 두 건의 살인사건을 수사하며 한 달 정도를 제대로 쉬지 못했다. 살인사건은 범인을 검거해도, 사실 별로 뿌듯하지가 않다. 피해가 막심하기 때문이다. 죽은 피해자를 다시 살릴 수 없으니 모두에게 상처만 남기게 된다.

강력팀에서 연속적인 살인사건을 경험해보니, 어지간한 강력사건에는 눈 하나 깜빡이지 않게 되었다. 이런 경험을 통해 나도 점점 노련해지고 있었다.

강력팀을 나와 지구대에서 근무할 때였다. 한 공장에서 직원이 가슴을 찔렸다는 신고를 받았다. 지구대는 보통 주간 근무가 끝나는 교대 시간에 신고가 몰리는 편이다. 다들 퇴근 시간이라 차도 막힌다. 전 직원이 신고 출동에 여념이 없었다. 나는 어쩔 수 없이 같은 팀 형과 단둘이 출동했다. 그곳은 지구대에서도 꽤 거리가 있는 공장이었다.

피해자를 먼저 만났다. 그는 제대로 서지도 못하고 숨을 크게 몰아쉬고 있었다. 찔렸다는 가슴을 보니 송곳 같은 물건으로 가슴과 배 등 여러 군데 찔린 자국이 보였다. 그를 구급차에 태워 병원으로 후송했다. 그러곤 범인이 있는 곳으로 갔다. 범인은 자포자기한 것인지, 도망가지 않고 현장에 그대로 있었다.

나는 그에게 범행 동기에 대해 물었다. 그는 피해자가 자신을 화나게 해서 찔렀지만 죽일 생각은 없었다고 했다. 전보다 노련해진 나는 그를 다시 추궁했다.

"죽일 생각이 없었다고 하는 사람이 피해자의 신체 주요 장기가 있는 가슴과 배를 찌른 것인가요?"

묵묵부답하던 그는 결국 자백했다. 나는 현장에서 그를 살인미수로 체포했다. 피해자를 찌른 흉기인 송곳도 압수했다.

이 사건 말고도 많은 살인사건 현장을 보았다. 외도한 부인을 죽이려고 한 사건, 지인들 앞에서 모욕당해 화가 나 칼로 배를 찌른 사건, 여섯 살 아이를 죽인 엄마, 아파트 관리소장을 죽인 사건, 여자친구를 살해하고 시신을 야산에 버려둔 사건 등 너무 많았다.

살인은 다른 범죄와 달리 회복이 불가능하다. 돈으로 변상할 문제가 아니기 때문이다. 이미 세상을 떠난 피해자에게 어떤 보상이 가능하겠는가. 그리고 사랑하는 사람을 잃은 그의 가족들에게 어떤 보상을 할 수 있을까. 나는 어떤 이유라도 절대 일어나서는 안 되는 것이 살인이라고 생각한다. 한 사람의 생명을 같은 사람이 마음대로 결정할 수 없기 때문이다. 나는 다른 사람의 생명을 빼앗는 살인이 가장 반인륜적 범죄라고 생각한다.

내가 보았던 성범죄의 진실들

나날이 성범죄가 증가하는 추세다. 오죽하면 피해자의 고소 없이 처벌하지 못했던 강간죄의 친고죄 규정도 삭제되었으니 말이다. 또한, 최근에는 강간죄에 대해 예비행위를 처벌하는 규정까지 새로 생겼다. 그만큼 국가에서도 성범죄를 심각하게 받아들이고 있는 것 같다.

경찰서 여성청소년과에는 성폭력 전담 수사팀이 있다. 내가 근무한 경찰서는 네 개의 수사팀과 한 개의 성폭력 전담 강력팀이 있다. 하지만 10년 전만 해도 한 개의 성폭력 수사팀만 있어, 그 팀이 모든 성폭력사건을 담당했다. 최근 들어 성폭력 수사 인력이 크게 증원된 만큼, 10년의 세월 동안 성폭력사건은 더 빈번해지는 추세다.

그렇다면, 모든 성폭력 범죄가 전부 가해자의 잘못이 맞을까? 피해자의 말은 모두 진실일까? 내가 경험한 아주 특별한 성폭력사건이 있었다.

몇 년 전, 지구대에서 근무할 때였다. 나는 보통 한 달에 두세 건 정도 성폭력사건처리를 한다. 어느 날 모텔에서 강간당했다는 신고를 접수했다. 코드 제로, 성폭력이었다. 코드 제로 신고는 다른 신고보다 신속히 현장에 도착해야 한다. 필요하면, 상황실에서는 가장 가까운 곳에 있는 순찰차에 지령하기도 한다.

나는 여경 후배와 같이 출동했다. 사이렌을 울리며 모텔로 들어갔다. 마침 근처에 있던 동료 직원들도 그곳에 도착했다. 나는 여경 후배에게 "가해자는 내가 잡고 있을 거야. 너는 여성을 객실에서 데리고 나가서 진술을 들어봐. 남자인 내가 여성에게 물어보면 수치스러울 수 있으니까"라고 말했다.

후배는 긴장했다. 나는 다시 한번 후배를 안심시킨 후, 신고자가 있는 객실 문을 열고 들어갔다. 가해 남성은 상의를 탈의한 상태였다. 신고한 여성은 옷을 입었지만, 두려움에 떨고 있었다. 객실 안에는 테이블과 의자 등 물건이 널브러져 있었다. 누가 봐도 안에서 무언가 일이 있었다는 것을 직감할 수 있었다.

계획대로, 나는 가해 남성을 도망가지 못하게 붙잡았고, 후배는 피해 여성을 방에서 데리고 나갔다. 그러곤 남성에게 혐의를 추궁했다. 그의 진술을 들은 나는 강간 범행을 더욱 확신하게 되었다.

잠시 후, 여성 청소년 수사팀에서 2명의 형사가 지원을 나왔다. 그들은 피해자와 이야기를 한참 나누고는 나에게 말했다. "이 사건 강간 아니에요. 서로 몸싸움 한 것인데, 신고자가 화가 나서 강간으로 신고했어요. 이거 거짓 신고예요."

당황스러웠다. 그럼 성폭력이 아니었다는 것인가? 그 형사의 말을 계속 들어보았다. 그리고 머리에 뭔가 얻어맞은 듯한 충격을 받았다.

"신고자, 성전환자예요. 성 소수자. 모르셨어요?"

나는 신고자가 여성인 줄 알았다. 출동한 직원 모두 여성이라고 생각했다. 신고자를 조사한 여경 후배도 여성인 줄 알았다고 했다. 그렇지만 그게 중요한가? 강간죄의 객체, 즉 상대방에는 여자뿐만 아니라 남자도 해당할 수 있기 때문이다. 하지만 진실을 들어보니 이 사건은 성폭력사건이 아니었다.

사건의 진실은 이렇다. 둘은 성 소수자들의 만남을 주선하는 핸드폰 애플리케이션을 통해 몇 번의 만남을 가져왔다. 그리고 합의 끝에 성관계를 했다. 이후에 무슨 이유 때문인지, 말다툼이 생겨 거짓 신고한 것이다. 즉, 이 사건은 가해자인 남성이 피해자가 된 사건이었다.

진실이 드러나자, 신고자는 남성 앞에 무릎을 꿇고 싹싹 빌기 시작했다. 거짓 신고해서 미안하다고 했다. 반면, 남성은 무고죄로 고소한다고 하며 으름장을 놓았다. 참으로 어처구니없는 사건이었다.

이 사건 말고도, 모텔에서 5시간 동안 감금하고 성폭행까지 했다는 신고를 받고 출동한 적도 있었다. 하지만 그것도 거짓이었다. 조건만남 사이트에서 만나 성매매하고, 남성이 돈을 주지 않았다. 이에 돈 문제로 다툼이 생겨 여성이 성폭행으로 거짓 신고를 한 것이었다.

나는 이 사건을 통해 성폭력사건이 많이 악용되고 있다는 것을 느꼈다. 성폭력은 당연히 뿌리 뽑아야 하는 범죄다. 그러나 이를 악용하는 사람 역시 마땅히 처벌받아야 한다고 생각한다.

그렇다고 내가 성폭력 악용사례만 처리한 것은 아니었다.

지구대 주간 근무 날이었다. 퇴근을 1시간 앞두고 있을 때였다. 한 남성이 다급히 지구대로 찾아와 자신의 핸드폰 메시지를 보여주며, "제 여성 지인이 전 남자친구에게 스토킹과 성폭행을 당하고 있어요. 빨리 도와주세요!"라고 했다.

성폭력의 경우, 거짓과 악용하는 신고가 하도 많아 그의 말이 의심되었다. 그렇지만, 편견 없이 처리하자는 생각으로 자세히 들어보니, 그의 말이 거짓으로 보이지는 않았다. 핸드폰 메시지에도 도움을 요청하는 내용이 있었다. 나는 이 내용이 사실인지, 아닌지 내 눈으로 직접 보고 판단하자고 결론을 내렸다.

신고자와 함께 피해 여성이 있는 한 사무실로 갔다. 사무실 문은 이미 열려 있었다. 그 안에 가해 남성은 없었고, 여성만 소파에 앉아 있었다. 그녀는 나를 보자, 갑자기 울면서 온몸을 부들부들 떨었다. 내가 묻는 말에 대답도 제대로 하지 못했다. 여경이 그녀를 달랬지만, 쉽게 진정하지 못했다. 얼마나 무서웠는지 피해 당시 두려웠던 그녀의 마음이 전해졌다.

잠시 후 여성은 힘겹게 말을 꺼냈다. 성폭행 과정에서 사무실에 누가 들어오는 줄 알고 남자가 도망쳤다고 했다. 그녀는 진짜 성폭력 피해자였다. 나와 여경 후배는 남자를 검거하고, 2차 피해 예방을 위해 여성에 대한 접근금지와 신변 보호 조치까지 해주려는 목표를 세웠다.

그때였다. 그녀가 갑자기 손을 들어 문밖을 가리키며, "저기 밖에! 그 남자가 있어요!" 나는 반드시 잡아야 한다는 생각으로 밖으로 달려갔다. 피해자의 말처럼 사무실 밖에 중년의 남자가 있었다.

나는 즉시 그를 붙잡았다. 그러곤 범죄 혐의를 집요하게 추궁했다. 하지만 그는 모든 것을 부인했다. 오히려 피해 여성을 비난까지 하면서 말이다. 하지만 나는 이미 피해자의 핸드폰에서 증거자료를 모두 확보했다. 그 남성이 그동안 피해자를 스토킹해온 증거까지 전부 말이다. 그는 스토킹에 성관계를 요구하고, 들어주지 않으면 협박까지 해왔던 파렴치범이었다.

나는 팀장님께 상황을 보고했다. 그 남성을 체포해야 한다고 건의했다. 그러자 팀장님은 말씀하셨다. "이런 천하의 나쁜 자식이 있나! 이 경사 뜻대로 해! 당장 체포해!" 여성 청소년 수사팀과 강력팀 베테랑 형사 출신인 그가 나에게 체포를 지시했다.

나는 그 남성에게 다가갔다. 그러곤 마지막으로 정말 할 말이 없는지 물었다.

"나는 잘못 없다니까요. 왜 그러시는지 모르겠네."

그는 끝까지 뻔뻔했다.

그 남성은 내가 도착하기 전에 강간을 시도했다. 비록 미수에 그쳤지만, 형사소송법에 규정된 현행범이다. 나는 분노의 수갑을 그의 손목에 채우면서 체포했다. 그리고 더는 여성에게 다가가지 못하도록 접근금지까지 일사천리로 진행했다. 피해 여성은 신변 보호를 요청할 수 있도록 담당자에게 알려주었다. 범인 검거 말고 피해자 보호 또한 경찰의 임무이기 때문이다.

내가 본 성폭력의 진실들은 모두 똑같지 않다. 이를 악용하는 사람도 있었다. 반대로, 정말 도움이 필요한 사람도 있었다. 누구의 말이 진실인지 어떻게 판단할까? 경찰관은 현장에서 직접 눈으로 보고 판단해야 한다. 보기 전까지는 진실인지, 거짓인지 알 수 없기 때문이다.

무엇보다 경찰은 사소한 신고도 소홀히 여기면 안 된다. 사소한 실수로 감당하지 못할 정도의 잘못된 결과가 생길 수 있기 때문이다. 우리가 일의 주체가 되어야 한다. 그래서 사소해 보이는 일도 편견 없이 문제 의식을 가지고 바라볼 줄 알아야 한다.

심각한 사이버 범죄, 경찰관도 피해자

스마트폰 발달이 많은 변화를 가져왔다. 모든 면에서 편리해져 이제 손가락 하나로 모든 것이 가능한 시대가 되었다.

스마트폰 기술 발전으로 경찰은 더욱 바빠지고 있다. 그만큼 범죄 수법도 발전하기 때문이다. '보이스피싱' 수법만 봐도 알 수 있다. 예전에는 전화로 "가족을 납치하고 있다"라며 돈을 요구하는 수법의 보이스피싱이 유행했다. 하지만 이제는 낡은 수법이 되어버렸다. 지금은 대환 대출, 서민지원 대출, 코로나 관련 정부 지원 대출 등의 수법이 유행이다. 방법 또한 더욱 교묘해졌다.

이런 종류의 범죄는 사회 흐름에 따라 유행을 따라가는 추세다. 그 예로 마스크 대란에는 마스크 거래 사기, 캠핑이 유행할 때는 캠핑용품 사기가 성행하곤 했다.

사이버 사기 범죄를 분류해보자.

먼저 우리가 가장 잘 알고 있는 '보이스피싱'이 있다. 일명 전화금융사기라고 한다. 앞서 말했듯이, 최근에는 대출을 빙자한 수법이 많다. 간혹 검찰, 경찰 등 수사기관을 사칭하는 수법도 있다. 그런 경우 현금이 아닌 상품권을 구매하거나 핸드폰 소액결제가 되기도 한다.

친구나 가족으로 변장해 "핸드폰 망가졌어. 돈 보내줘"라며 돈을 요구하는 '지인 사칭' 사기도 있다. 또한, 택배사, 우체국, 보험공단으로 둔갑해 인터넷 URL 링크를 전송해서 이를 클릭하는 순간, 소액결제되거나, 그 번호로 또 다른 핸드폰에 피싱 문자를 전송하게 하는 일명 '스미싱 피싱' 수법의 사기가 있다. 이 외에도 사이버를 이용한 사기는 다양하다.

모두 다 심각한 범죄지만, 그중에서도 나는 '스미싱 피싱' 사기가 얼마나 무서운지 누구보다 잘 알고 있다. 왜 그러냐고? 바로 내가 그 피해자였기 때문이다.

1년 전으로 기억한다. 지구대에서 근무할 때였다. 경찰은 의무적으로 매년 건강검진을 한다. 검진 결과는 주로 문서로 통보받지만, 핸드폰 모바일로도 확인할 수 있다. 검진하고 3주 정도 지났을 무렵이었다. 슬슬 결과가 나올 시기였다.

우연인 것인지, 내 핸드폰으로 "건강보험공단입니다. URL 주소를 클릭하면 핸드폰으로 검진 결과 확인이 가능합니다"라는 메시지를 받았다. 나는 URL 링크를 손가락으로 클릭했다. 검진을 한 것은 사실이었고, 모바일로 결과 확인도 가능했기 때문에 나는 아무런 의심이 없었다.

그러자 내 핸드폰에 이상이 생겼다. 시스템이 먹통이 되는 듯했다. 잠시 후 나의 불행은 시작되었다. 수십 통, 아니, 수백 통의 문자 메시지가 전송되기 시작했다. 아니 쏟아졌다는 표현이 맞다.

"이 XX 새끼야. 그만 보내. 너 경찰에 신고한다. 미X놈아."

말로는, 형언할 수 없는 욕설 가득한 메시지가 계속해서 쏟아졌다. 나는 대체 이게 무슨 일인가 했다. 그런데 여기서 끝이 아니었다. 이제는 전화까지 나를 괴롭혔다. 수십 통, 아니 수백 통의 전화가 쏟아졌다. 거의 미쳐버릴 정도였다. 나는 차마 전화를 받을 수가 없었다. 문자와 전화는 그날 밤새도록 이어졌다. 문자를 지워도 봤다. 하지만 다시 문자와 전화가 쇄도했다. 내가 삭제하는 속도보다 전화가 오는 속도가 훨씬 빨랐다.

이 불행한 사태는 3일이나 계속되었다. 이제는 거의 폭발할 지경에 이르렀다. 결국, 나에게 오는 전화를 받아보기로 했다. 나는 한 남성의 전화를 받았다. 전화 속 남성은 나에게 말했다.

"이거 너무 하는 거 아닙니까?"

너무도 억울했던 나는 사실대로 말했다. 갑자기 핸드폰이 이렇게 되었다고. 몇백 통의 문자와 전화가 나에게 오고 있다고 말이다. 그러자 그는 내가 '스미싱 피싱'에 당한 거라고 했다. 일반인이 10년을 넘게 근무한 경찰관인 나에게 사기당했다고 말한 것이다. 내가 해야 할 일을 그가 해준 것이다.

그는 나에게 한국인터넷진흥원에 빨리 연락하라고 했다. 내가 피해자라는 것을 알고는, 아주 친절하게 설명해주었다. 마치 그가 경찰이고 내가 피해자인 것처럼 느껴질 정도였다. 나는 그의 친절함에 눈물 나도록 고마웠다. 지금 생각해도 그분은 나의 은인이었다.

인터넷에 한국인터넷진흥원을 검색해서 연락처를 알아내고는 바로 전화했다. 상담원은 내 핸드폰으로 어떻게 조치해야 할지 메시지를 보냈다. 장문의 메시지에는, 1번부터 5번까지 순서대로 조치할 사항이 친절하게 나와 있었다. 먼저 알약 백신을 설치해서 프로그램을 실행했다. 그러자 정말 불법 애플리케이션이 설치되어 있었다. 내가 클릭했던 URL 주소가 문제였던 거다. 누구를 원망하겠는가. 클릭한 내 손가락을 꺾을 수도 없고. 내가 너무 바보 같았다.

이 조치는 내가 사이버팀에 근무하면서 스미싱 피싱 피해자들에게 알려준 방법이었다. 그런 내가 피해를 당하다니 그때는 정신이 잠깐 나갔었나 보다.

이 일로 금전 피해는 없었다. 불행 중 다행이었다. 나는 이런 수법의 사기를 왜 피싱이라 지칭하는지 절실하게 깨달았다. 물고기가 낚이듯, 피해자들이 낚여버리기 때문이다. 그간 많은 피싱 사기 피해자들을 보면 왜 바보같이 저런 피해를 당하는지 이해하지 못했다.

하지만 내가 당해보니 알겠더라. 피싱 수법의 사기꾼들은 너무나 교묘하다. 피해자들이 속지 않을 수 없게 만들었다. 이런 종류의 범죄는 어떤 측면에서는, 신체에 대한 범죄보다 더 잔인하다고 생각한다.

예전에 경찰서에 접수된 '보이스피싱'사건 피해자가 있었다. 그녀는 정신적인 충격으로 스스로 목숨을 끊었다. 많은 사람이 피싱 사기로 심한 충격과 정신적 고통을 호소하는 것을 보았다. 그들은 대출을 받거나 지인에게 돈을 빌려 사기꾼에게 건네주고 나서야 속았다는 것을 알게 된다. 피싱 사기는 우리나라에서 가장 먼저 근절해야 할 범죄 중 하나다.

이 사건 이후 나는 피싱 사기에 당한 사람을 보면 친절하게 상담해 준다. 특히 '스미싱 피싱' 사기 피해자에게 더욱 친절하게 한다. 내가 전에 받은 한국인터넷진흥원의 메시지를 보여주고, 그 자리에서 모든 조치를 한다. 불법 애플리케이션 삭제부터 향후 예방 상담까지 해준다.

나는 경찰관으로서 항상 자신감이 있었다. 게다가 나만은 범죄 피해로부터 자유로울 것이라 생각해왔다. 범죄자를 검거하고 처벌하는 경찰이었으니 말이다. 하지만 그것은 자신감이 아니라 자만심이었다. 경찰관도 자칫하면 언제든 범죄 피해자가 될 수 있다. 나는 앞으로 자만하지 않고 더욱 겸손해지기로 했다. 그리고 더는 피싱 사기 피해가 나오지 않도록 예방에 힘쓰자고 다짐했다.

지금의 나는 피싱 사기 신고를 받고 출동하면, 피해자들이 귀찮아할 정도로 꼬치꼬치 캐묻는다. 그들 중 대다수는 자신이 사용하려고 돈을 인출한 사람이다. 하지만 소수의 사람은 진짜 피해자다. 사기꾼은 그들에게 경찰도 속이라고 한다. 이런 사실을 아는 나는 인출 목적에 대해 제대로 대답하지 못하면 그냥 넘어가지 않는다. 이런 나에게 내 돈을 찾는 데 경찰이 무슨 상관이냐고 하면서 화를 내는 사람도 있다. 하지만 민원 제기를 당해도 피해자가 나오지 않게 하는 게 경찰의 일이다.

반면 나의 적극적인 태도로 피싱 사기 피해를 예방한 피해자들도 많았다. 내가 이렇게 예방에 힘쓰는 이유는 피싱 사기는 일단 당하고 나면 돈을 돌려받는 게 불가능하기 때문이다. 그런 이유로 나는 피싱 사기만큼은 무조건 예방이 최우선이라 생각한다.

나날이 심각해지는 청소년 범죄

나에게는 이제 막 여섯 살 된 아들이 있다. 일을 마치고 온 나를 아들이 반겨줄 때면, 피곤했던 마음이 씻은 듯이 사라지곤 한다. 내 아이를 보면 '잘 키워야지', '좋은 사람으로 자라도록 도와줘야지' 이런 고민을 하면서도 실천하지 못해 미안할 때가 참 많다.

아이들은 참 순수하다. 이 순수함이 성장하면서 계속 지속된다면 얼마나 좋을까? 경찰관으로서 나는 여러 비행 청소년을 마주했다. 때로는 그들에게서 성인보다 더 지능적이고 교활한 모습을 보곤 했다.

내가 처음 비행 청소년을 마주한 것은 초임 순경 때였다. 고등학생 정도의 남·여 학생들이 옹기종기 공원에 모여 있었다. 그들 주변에는 검은색 비닐과 노란색 오공본드가 있었다. 그들에게 가까이 다가가 손에 든 봉지를 빼앗고 그 안을 보니 오공본드가 덕지덕지 가득했다. 어린 학생들이 공원에서 보란 듯이 본드를 흡입하는 것을 보고 참 대단하다고 생각했다. 그들은 경찰인 나를 봐도 겁먹지 않았다. 오히려 당당한 모습이었다.

그때 한 남학생이 나에게 욕을 하면서 싸우자고 달려들었다. 그의 눈은 이미 풀려 있었다. 환각 상태였다. 그나마 그의 행동이 도를 넘은 것을 아는 다른 아이가 그를 말렸다. 참 어처구니없는 상황이었다. 나는 한숨을 쉬고는, 그들 모두를 지구대로 데려가 가족의 품으로 돌려보냈다. 사실 본드를 흡입한 청소년에 대한 소문만 들었지, 실제로 본 것은 그때가 처음이었다.

내가 본 또 다른 비행 청소년들이 있다. 강력팀에서 근무할 때였다. 최근에는 무인 매장을 흔히 볼 수 있지만, 불과 5~6년 전만 해도 그리 많지 않았었다. 내 기억으로 지금의 무인 매장이 성행하게 된 시초는 인형 뽑기 방이었다.

어느 날, 인형 뽑기 방에서 현금을 도난당했다는 절도사건을 접수했다. 인형 뽑기 방은 매장마다 안에 지폐 교환기가 있다. 그런데 그 교환기 안에 있던 현금을 도난당한 것이다. 매장 CCTV를 확인해보니 범인은 1명이 아니었는데, 누가 봐도 어린 학생들이었다. 중학생 정도로 보였다. 우리 팀은 추적 끝에 이들 전원을 검거했다.

청소년들은 성인과 달리 형사처벌이 되지 않는 경우가 있다. 특히 형사미성년자의 경우는 더욱 그렇다. 경찰에 잡혀도 보호관찰 또는 소년원에 가는 것이 전부다. 더욱 심각한 것은 이들도 그런 사실을 알고 있다는 것이다. 그래서인지 그들은 부담 없이 범죄를 저지르고 스릴까지 즐긴다.

이 사건이 끝나기 무섭게 다른 인형 뽑기 방에서 절도사건이 터졌다. CCTV를 보니 또 학생들이었다. 전에 검거한 학생도 있었다. 무엇보다 놀라운 것은 이들이 상습적이고, 행태가 점점 대담해진다는 것이었다.

처음에 그들은 지폐 교환기를 여는 만능키를 훔쳤다. 아마 재미로 시작했을 것이다. 이 만능키는 모든 교환기에 통용된다. 그들은 만능키로 교환기를 열고 현금을 훔쳤다. 비교적 쉬운 방법이었다. 그런데 피해자들은 이 사실을 알고는 열쇠를 바꿔버렸다. 이제는 훔치지 못할 것이라 생각했을 것이다.

하지만 그들은 어디서 구했는지 망치와 드라이버, 심지어 소화기까지 가져와 교환기를 내리쳐 망가뜨린다. 어떤 청소년은 자기 몸집만 한 크기의 교환기 자체를 낑낑대며 가져가기도 했다.

그해에는 무인 매장 절도 청소년들을 참 많이도 검거했다. 문제는, 내가 본 그들 중에 정신 차리는 학생들을 보지 못했다는 것이다. 간혹 선도조건으로 형사처벌을 하지 않기도 하는데, 그들은 다시 범죄를 저지르곤 했다. 결국, 선도마저 그들에게는 이렇다 할 효과가 없었다.

최근에는 차 털이 수법의 절도가 자주 발생한다. 아파트나 빌라에 주차된 자동차 중, 사이드미러가 접히지 않은 경우가 있다. 일부는 운전자가 부주의로 문을 잠그지 않은 경우인데, 이런 자동차가 바로 차 털이 절도 범행의 표적이 된다.

청소년들은 새벽 시간에 주차장을 배회하며, 사이드미러가 열린 자동차의 문손잡이를 잡아당겨 본다. 의외로 문이 열리는 경우가 많다. 그러면 차 안에 들어가 현금과 카드 등 돈이 될 만한 것은 모조리 훔친다.

나는 강력팀에서 이 차 털이 수법의 청소년들을 수사한 경험이 있다. 그들 대부분이 중학생이었다. 관내 아파트와 빌라, 주차장을 돌며 상습적으로 범행했다. 운 좋게 신용카드가 나올 때면, 그들은 환호성을 지른다. 택시를 타고 백화점 명품매장으로 간다. 그러곤 이름만 들어도 알 만한 명품 옷과 신발을 훔친 카드로 결제한다. 그들은 아무런 죄의식이 없다. CCTV에 얼굴이 나와도 상관없었다. 어차피 중학생들이기에 보호관찰이 전부니까 말이다.

당시 수사한 차 털이 피해자만 10명이 넘었다. 카드까지 사용해서 피해 금액은 더욱 컸다. 개입된 학생들만 20명 가까이 되었다. 조사하면서 더욱 놀란 사실은 그들의 범행이 조직적이라는 것이다.

그들은 범행하기로 한 아파트 인근 PC방에서 모인다. 그곳은 범행을 계획하는 훌륭한 공모 장소다. 가장 힘이 센 남학생과 경험 많은 남학생, 이 두 사람을 필두로 조를 나눈다. 즉, 각자 역할을 분담하는 것이다.

"A조는 아파트 지상 주차장을 담당해. B조는 아파트 지하 주차장. 우리 C조는 근처 빌라 단지 주차장을 담당할 거야. 거기서 나오는 돈은 나중에 같이 나누기로 하자."

범행 이후 수익 분배 계획까지 세웠다. 기가 막힐 정도로 치밀했다. 그들에게서는 아이들의 순수함은 찾아볼 수 없었다. 당시 나는 주범 1명을 조사하며 이런 말을 해주었다. 그 녀석이 너무 한심해서 튀어나온 말이었다.

"너 쪽팔리지도 않아? 남자가 할 짓이 없어 도둑질이야? 이 돈으로 여자친구 밥 사주고, 옷 사준 거야? 남자답게 싸움했다면 차라리 이해할 텐데, 나 같으면 쪽팔려서 못 할 거 같아."

나는 그의 자존심을 건드렸다. 정신 좀 차리라고 일부러 그렇게 말했다. 그러자 그는 반항심 가득한 눈빛으로 나를 쳐다보며 말했다. "여태껏 경찰서에서 조사받으면서 아저씨처럼 말하는 사람 처음이에요. 기분 나빠요."

그는 화를 냈다. 자신은 다른 사람에게 심한 피해를 주면서 자기 기분이 나쁜 것은 참지 못하겠다는 것이다. 하지만 나는 사과하지 않고 그를 더욱 혼냈다.

청소년들의 범행은 이게 끝이 아니다. 인터넷 사기도 성인보다 더 큰 조직력을 발휘한다. 각자 계좌를 만들어서 돌리며 범행한다. 이번에 걸린 사건은 A가 주도했다고 한다. 다음 사건은 B가 주도한다고 한다. 서로 사건을 몰아준다. 그들 표현을 빌리자면 한 사람이 총대를 멘다는 것이다.

무인 매장 절도사건은 이제 흔하다. 편의점, 자전거, 오토바이 절도는 말할 것도 없다. 훔친 오토바이를 다른 학생에게 팔고 다시 훔치기도 한다.

나는 범행하는 청소년들에게서 대체적인 공통점을 발견했다. 첫째로, 그들 대부분이 가난한 환경에서 살고 있다는 것이다. 둘째로, 그들 중에는 이혼가정이 많았다는 것이다. 조모의 손에서 자라기도 한다. 이런 아이들이 끼리끼리 모여 비행을 저지르고 있었다. 불우한 환경이 그들에게 영향을 미친 것에 대해 성인이자 경찰관으로서 안타까운 마음이 든다.

하지만 이런 환경에서 자란 모든 청소년이 비행하는 것은 아니다. 성실한 청소년도 참 많다. 나에게도 그들과 같은 중학교, 고등학교 시절이 있었다. 나 역시 불우한 환경이었지만, 그들처럼 살지 않았다. 그들은 무엇이 옳고, 그른지 충분히 판단할 수 있는 나이이다. 그들이 나쁜 길로 빠지는 게 모두 가정환경의 문제로만 봐야 하는 것은 아니다.

나는 지금도 범죄를 저지른 청소년들을 검거하면, 엄하게 혼을 낸다. 특히 버릇없는 행동을 보면 더욱 호통을 친다. 그러곤 마지막에 그들을 부모님께 인계할 때 항상 이런 말을 한다.

"너희들, 처벌받지 않는다고 끝인 줄 알지? 이제부터 너희 부모님께 피해 보상 청구가 들어올 거야. 너희는 변상할 능력도 없잖아. 부모님이 뼈 빠지게 번 돈으로 합의금 주시는 거야. 그리고 부모님은 살아서 경찰서 한 번 올 일 없는데 너희가 처음 오시게 만든 거야."

나의 말을 듣고 그들이 지금이라도 올바르게 자라길 바란다.

전국 최고의 경찰 수사관을 꿈꾸다

인터넷 중고차 판매 사이트에 BMW 외제 차가 450만 원에 올라와 있다. 판매자 이름은 '이요섭', 그는 영업직 직원답게 깔끔하고 잘생겼다. 손님은 저렴한 가격에 올라온 중고차를 보고 반신반의했지만, 혹시나 하는 마음에 딜러에게 연락해본다.

전화 속 남성은 자신을 훌륭한 딜러라고 소개하며, 경매 자동차라 저렴하다고 말한다. 그러곤 손님에게 바로 만나자며 약속 장소를 잡는다. 직접 마중까지 나가겠다며 투철한 서비스 정신까지 발휘한다.

그러나 약속 장소에는 사진 속 인물과 전혀 다른 딜러 2명이 나와 있다. 그들은 슬리퍼에 반바지 차림, 팔과 다리에는 문신까지 있다. 흡사 조직폭력배와 같은 모습이다. '이요섭' 딜러는 휴직 중이라 대신 나왔다고 한다. 대신 좋은 거래를 해주겠다고 약속한다.

그들은 손님을 중고차 전시장으로 데려간다. 그러곤 사이트에서 본 중고차 또는 비슷한 조건의 차를 소개한다. 450만 원에 살 수 있다는 사실을 다시 강조한다. 손님은 흥분을 감추지 못한다. 그때 딜러는 핸드폰에 저장된 자동차등록증을 보여준다. 그 문서에는 소유자에 손님의 이름이 이미 기재되어 있다. "이 차는 손님 이름으로 이전등록 되었습니다. 이제 취소할 수 없습니다" 딜러는 음흉한 미소를 지으며 말한다.

손님은 속으로 환호를 지른다. 450만 원에 BMW를 구매하다니. 행운도 이런 행운이 어디 있을까. 딜러는 출고한다며 잠시 자릴 비운다. 그렇게 손님을 30분, 1시간을 기다리게 한다.

잠시 후 딜러가 다시 온다. 그들의 표정이 무겁다. 그러곤 나지막한 목소리로 "그런데 그거 아세요? 450만 원은 사실 이전 비용이에요. 진짜 차량 금액은 4,000만 원이에요"라고 말한다.

손님은 화들짝 놀란다. 처음과 이야기가 다르지 않은가. 그들은 손님에게 "아니, 그런 것도 몰랐어요? 어쨌든 이미 이전해서 취소할 수 없어요. 이 차를 사지 못하면 다른 차라도 사야 해요"라고 한다. 물론 거짓말이다. 하지만 조폭 같은 모습을 한 그들의 말은 거의 반협박성 멘트다.

손님은 울며 겨자 먹기 식으로 다른 차라도 사겠다고 한다. 딜러들은 BMW보다 저렴한 차를 소개한다. 그것은 바로 2,000만 원짜리 국산 차다. 하지만 손님은 2,000만 원도 가지고 있지 않았다. 이번에는 손님을 할부금융사로 데려가 대출받게 한다. 그렇게 손님은 450만 원짜리 차를 사려다가, 졸지에 2,000만 원짜리 국산 차를 구매하게 된다. 그러나 여기서 끝이 아니다. 사실 이 국산 차는 1,000만 원이다. 그들은 손님에게 2,000만 원을 대출받게 하고는 대출금에서 차량 금액 1,000만 원을 제외한 남은 금액을 자신들이 쏙 가져가는 것이다. 이 수법이 중고차 사기의 전형적인 수법이다. 일명 미끼 매물 사기 수법이라고도 한다.

인천서부경찰서 관내에는 전국 최대의 중고차 전시장이 있다. 이곳을 시작으로 부천, 수원, 대구 등 전국적으로 중고차 시장이 확대되었다. 문제는 딜러들이 중고차 알선 과정에서 사기 범행을 한다는 것이다. 이들은 조직적이고 치밀했다. 무엇보다 관내 대형 중고차 전시장이 있다 보니, 전국 각지에서 차를 사러 온 피해자들이 자주 신고한다. 하루에도 수십 건 이상의 중고차 사기사건을 접수하곤 했다.

조사해보면, 보통 딜러들은 자신의 직업을 프리랜서라고 말한다. 몸담은 조직에 대해서는 일체 함구한다. 일명 꼬리 자르기다. 그러다 보니, 근본적인 해결은 하지 못하고 가지치기 방식의 수사만 해왔었다.

내가 강력팀에 있을 때, 중고차 사기 전담팀으로 지정되었다. 그들의 악행은 날이 갈수록 포악해져 뿌리 뽑고 싶었지만, 쉽지 않았다. 숨어서 조직적으로 움직이는 그들을 찾기 어려웠기 때문이다. 정보를 수집하기도 했지만 모두 허탕이었다. 윗선에서는 피해가 막심한데 제대로 수사하지 않는다며 우리 팀을 책망하기도 했다.

나는 방법을 찾기 위해 수사과에 있는 동기에게 조언을 구했다. 경제사범 수사 전문가인 그는 나에게 한 가지 방법을 제시했다.

"할부금융사에서 대출받아 입금되는 딜러 계좌를 확인해봐. 그럼 답이 나올 거야. 나도 해보고 싶지만, 경제팀은 조직적인 수사를 하는 게 쉽지 않아. 강력팀은 가능하지 않을까?"

나는 그의 조언대로 바로 실행했다. 그들의 6개월, 1년, 심지어 2년 치 금융 계좌 거래 내용을 분석했다. 그러자 자금 흐름이 보이기 시작했다. 이 방법으로 범인들을 하나하나 특정해나갔다. 이제는 허위사이트에 대한 수사가 필요했다. 나는 사이버팀에서 근무했던 누나에게 조언을 구했다. 그녀의 도움을 받아 허위매물 사이트에 대한 수사도 병행했다. 이제는 모든 해답이 보이기 시작했다.

우리 팀은 중고차 사기 조직원을 전부 검거했다. 그들은 대표라 부르는 총책 아래에 1팀부터 4팀까지 있었다. 각 팀은 팀장과 출동 직원, 전화상담 직원 등 각자 역할까지 분담되어 있었다.

그해에 우리 팀은 사기 조직원을 100명 가까이 검거했다. 그중에는 조직폭력배가 개입된 사건도 있었다. 피해 금액만 수십억 원 이상에, 피해자만 120명이었다. 더 많은 피해자가 있었지만, 그들이 사건접수를 원하지 않아 묻힌 것이지, 실제 피해는 수백 명이 넘었다. 이런 새로운 수사 기법으로 우리 팀은 전국 최고의 중고차 사기 전담팀이 될 수 있었다.

딜러들은 우리 팀에게 조사받을 때면 꼼짝도 못했다. 그들 상당 인원을 구속하고, 심지어 사건에 개입된 할부금융사까지 일망타진했다. 어떤 사람은 사기당한 줄도 몰랐다고 했다. 무서워서 신고하지 못했던 피해자도 있었다. 우리는 전국에 있는 피해자들을 모조리 찾아서 사건을 접수해주었다. 그런 경찰의 적극적인 행동에 피해자들은 고맙다는 말을 많이 했다.

당시에는 중고차 사기가 너무 극심했다. 그 피해는 전국적으로 확산될 정도였으니 말이다. 경기도 도지사까지 중고차 사기와의 전쟁을 선포하며 불법 사이트 단속을 명령하기도 했었다.

우리 팀은 수사 기법을 담은 매뉴얼을 제작해서 배포했다. 이 매뉴얼은 본청에 채택되어 지금도 경찰관들에게 배포되고 있다. 이후 전국 각지의 수사관들로부터 문의 전화를 많이 받았다. 심지어 내가 지구대로 발령받은 뒤에도 모 지방청 광역수사대, 모 경찰서 지능범죄 수사팀 등에서 문의 전화를 받아 방법을 알려주곤 했다.

당시 피해가 너무 심했던 상황이어서 우리 팀은 많은 부담감이 있었다. 어떻게든 중고차 사기를 근절해야 했던 상황이었다. 강력팀장님은 우리와 함께 움직이며 모든 수사에 참여했다. 매뉴얼도 직접 만들어 배포했다. 그의 적극적인 모습과 해결책을 찾아야 했던 악조건이 강한 동기를 부여했다.

무엇보다 나는 수사 방법을 찾기 위해 조언을 얻는 것을 마다하지 않았다. 그리고 강력팀답게 발로 뛰고, 부딪히며 배웠다.

그해에 우리 팀은 중고차사건 말고도 강력팀 본연의 사건인 절도, 강도사건에도 집중했다. 그 결과, 2년 연속으로 인천청 1등까지 거머쥐게 되었다. 내가 사이버팀에서 근무했던 경험이 큰 도움이 되었다. 여기에 강력팀 경험과 우리 팀원들의 팀워크가 더해져 좋은 결과를 이루게 되었다.

경찰은 혼자만 잘해서는 안 된다. 이 일은 혼자서는 감당하지 못한다. 나는 팀워크가 중요하다는 것을 알게 되었다. 특히 팀 단위로 움직이는 사건은 더욱 그렇다.

바쁜 하루하루였지만, 나는 강력팀에 출근할 때면 항상 기분이 좋고 즐거웠다. 모두 내가 좋아하는 사람들과 함께여서 그랬던 것 같다. 이런 영향 때문인지, 지금의 나는 동료들과 함께할 때 최대한 즐겁게 지내려고 한다. 나의 경험에 비춰보면 팀 분위기가 좋을 때 더 좋은 성과가 있었다.

나는 팀워크가 경찰에 어떤 영향을 끼치는지 깨달았다. 그리고 이는 지금까지 내 경찰생활에 영향을 미치고 있다.

지구대 우수지역관서 전국 1위에 선정되다

경찰에 사건을 접수하는 대부분의 민원인은 자신의 사건을 빨리 해결해달라고 한다. 일반적으로 신고를 지령받은 지구대 경찰관은 초동수사를 하고 사건을 접수한다. 그러면 죄명에 따라 경찰서 전담 부서에서 처리하게 된다. 예를 들면, 성폭력사건은 여성 청소년 수사팀, 폭행 및 상해는 형사팀, 절도와 강도는 강력팀에서 수사한다.

하지만 민원인은 이런 경찰의 절차를 알지 못한다. 그래서 나는 접수할 때 민원인에게 자세히 설명해준다. 보통은 이해하지만, 그렇지 않은 사람도 있다. 그들은 무조건 빨리 잡으라고 한다. 다른 사람보다 내 사건이 중요하기 때문이다. 물론 그들의 심정을 헤아리지 못하는 것은 아니지만, 가끔은 답답할 때도 있다.

어떤 피해자는 지구대에서 범인을 잡지 않는다며 강력하게 항의한다. 심지어 경찰서에서 수사 중인 것도 관할지구대 탓을 한다. 빨리 해결하라고 달달 볶으면서 말이다. 그들은 아무리 설명해도 들으려고 하지 않는다.

그래서 나는 생각을 바꿔보기로 했다. '무조건 전담 부서에 인계하고 끝낼 것이 아니라 할 수 있다면 스스로 해결해보자', '지구대에서도 범인을 검거해보자'라고 생각했다.

2년 전, 나는 다시 지구대에서 근무하게 되었다. 내가 근무하는 곳은 유흥가가 많다. 신도시 아파트가 들어서 인구도 꽤 많아졌다. 이곳은 불과 7~8년 전만 해도 한가했던 곳이었다. 직원 모두가 가장 근무하고 싶어 했던 곳이지만, 지금은 기피 지역이다.

우리 지구대는 명성에 걸맞게 신고도 많았다. 특히 강력사건 신고가 많았다. 절도는 기본이고 성폭력과 정신이상자사건, 실종사건, 최근에 엄청나게 부각되고 있는 스토킹사건까지 다양했다.

지구대에 온 지 한 달쯤 되었을 때였다. 보이스피싱 신고가 하나 있었다. 피해자는 대출해준다는 연락을 받고 대출을 받으려다가 그만 사기를 당했다. 이미 피해 금액만 수천만 원이었다. 현금은 범인에게 직접 전달했다. 이런 범인을 일명 보이스피싱 조직의 '수거책'이라고 한다. 그 수거책은 자신을 금융기관 채권팀 직원이라고 거짓말했다. 다시 한번 느끼지만 보이스피싱은 정말 악질 중의 악질이다.

그런데 피해자가 수거책을 다음 날 회사 근처에서 우연히 발견하게 되었다. 그러곤 급하게 경찰에 신고하게 된 것이었다.

보이스피싱은 경찰에서도 매우 중요하게 취급된다. 이런 종류의 사건은 보통 순찰팀장도 함께 출동한다. 당시 팀장님과 팀원들이 함께 출동했다. 보이스피싱 수사 경험이 있던 나도 같이 가고 싶었지만, 상황 근무 중이라 지구대에 남기로 했다.

나는 현장에서 범인을 찾았는지, 놓치지는 않았는지 궁금했다. 그래서 출동한 동료에게 전화를 걸어 상황을 물어봤다. 주변을 수색하던 중에 범인을 발견했다고 했다.

나는 범인을 놓쳐서는 안 된다고 생각했다. 하지만 그의 범행은 이미 전날이 되어버렸기에, 현행범은 아니었다. 보이스피싱은 통상 수거책의 핸드폰 SNS로 범행을 지령한다. 경찰에 발각될 경우, 그 내용을 전부 삭제하라고까지 지시한다. 이런 이유로 보통은 증거인멸 방지 차원에서 체포와 동시에 핸드폰도 긴급 압수한다.

나는 동료에게 "보이스피싱 사기는 긴급체포할 수 있는 범죄예요. 그리고 우연히 발견한 상황이니 긴급체포 요건은 충분해요. 팀장님께 보고하고 체포하세요"라고 조언했다. 동료 직원은 팀장님께 보고하고 범인을 긴급체포했다. 그를 지구대로 데려왔을 때, 나는 앞장서서 사건처리를 도와주었다.

이 사건을 하면서 나는 지구대에서도 조금만 적극적인 자세로 일한다면 충분히 자체적인 해결이 가능하다고 생각했다. 무엇보다 피해자들은 빠른 해결을 원하고 있기 때문이다. 그때부터 나는 지구대에서 발생한 사건을 우리가 해결해보자고 다짐했다. 후배와 동료들에게도 적극적으로 내 의견을 어필했다.

지구대 관내에는 크고 작은 절도사건이 많다. 특히 무인 매장 절도사건이 그러하다. 나는 절도사건 현장을 나가면 단순히 사건만 접수하지 않았다. 강력팀에서 한 것과 같이, CCTV를 보고 범인을 추적했다. 이런 방법으로 많은 범인을 검거해왔다. 나중에는 피해자들이 절도가 발생하면 112에 신고하지 않고 나에게 바로 연락할 정도였다.

당시 같이 근무했던 시보 여경 후배는 나에게 이렇게 말했다.

"선배님 오시기 전 팀에 있을 때는 절도사건을 경찰서에 인계만 했지, 이렇게 추적해서 범인을 잡는 사람을 본 적이 없었어요."

그렇다고 내가 일만 하고 산 것은 아니다. 나는 일을 할 때는 하고, 쉴 때는 쉬면서 하자는 생각으로 근무했다. 어떻게 사람이 항상 바쁘게만 살 수 있겠는가. 우리 모두는 적절한 휴식이 필요하다.

특히 야간에 주취자들에게 시달리고 더위와 씨름하며 추위에 떨다 보면, 새벽에는 지치기 마련이다. 순찰차에서 졸기도 한다. 우리 지구대 경찰관은 개인 책상조차 없다. 한마디로 우리 사무실은 순찰차뿐이다. 이 순찰차에서만큼은 편하게 있어야 하지 않을까? 자기 책상에서 어느 누가 불편하게 앉아 있겠는가.

하지만 순찰차에 있는 경찰을 곱게 보지 않는 사람이 많다. 우리가 논다고 여기며 사진까지 촬영해 인터넷에 제보한 적도 있었다. 최근에는 커피 마시는 것도, 거점 근무하는 것도, 그냥 서 있는 것도, 심지어 신고 출동조차 한가해서 나간다고 생각한 사람이 있을 정도다.

경찰도 커피 마실 줄 아는 사람이다. 특히 나는 누구보다 커피를 좋아한다. 경찰이 근무 중에 커피 마시러 가는 게 근무 태만일까? 나는 이런 것도 순찰의 일환이라고 생각한다. 상인들을 만나서 아무것도 사지 않는 것과 사면서 대화하는 것, 어떤 모습이 더 경찰관다운 것일까? 당연히 후자라고 생각한다.

경찰이 신고도 나 몰라라 하면서 커피만 마신다면 이는 잘못된 일이지만, 그 반대라면 이 모든 게 순찰 활동 범주에 포함된다는 것이다. 제복 경찰을 자주 보는 시민일수록 더욱 안전함을 느낀다고 한다. 지역 주민과 친화적인 것은 물론이다. 나는 지금까지 이런 사고방식으로 살아왔다.

한번은 내가 몸살이 난 적이 있었다. 야간 근무 중이었는데 약 기운인지 졸음이 와서 순찰차에서 깜박 졸았다. 내 옆에는 후배가 든든하게 앉아 매의 눈으로 거점 근무하고 있었다. 그런데 나를 본 한 민원인이 범죄 신고 112에 "경찰관이 순찰차에서 자고 있다"라고 신고했다. 그는 112 지령실에 나에게 전화까지 하라고 명령했다.

상황실에서 해결해주면 좋으련만, 현실은 그렇지 않았다. 무조건 지구대에서 해결해야 한다. 우리 경찰은 그만큼 힘이 없다. 어떻게 보면 어떤 조직보다 투명하다고 할 수 있겠다.

나는 시민의 강력한 명령을 거부할 수 없어, 바로 그에게 전화했다. 내가 그에게 죄송하다고, 잘못했다고 빌어야 하는 것일까? 아니, 나는 그냥 몸이 좋지 않아 눈 감고 있었고, 옆에 직원은 자지 않고 있었다고 솔직하게 말했다. 하지만 그는 영상까지 촬영했다며 협박성 멘트까지 날렸다. 알고 보니, 그는 상습적으로 경찰에 시비를 거는 악성 민원인이었다.

나는 이런 사람에게는 당당히 말한다. "제가 몸이 좋지 않아 그랬습니다. 유감입니다"라고 말이다. 민원 제기하지 말라고 부탁하거나 구차하게 빌지 않는다. 이런 사람이 나를 상대로 민원 제기하고, 신고해도 별로 두렵지 않다. 내가 당당하기 때문이다.

함께 근무했던 강력팀장님이 버릇처럼 했던 말이 있었다.

"우리가 항상 일만 하고 살 수는 없는 거야. 늘어질 때는 늘어지기도 하고, 놀 때는 놀기도 할 수 있어. 하지만 일할 때만큼은 '임팩트' 있게 하는 거야."

나 역시 강력팀장님과 같은 생각이다. 이런 마음으로 나는 지난 21년간 지구대에서 크고 작은 사건을 동료들과 해결해왔다. 특히 2022

년에는 검단지구대가 우수지역관서 평가에서 전국 1위가 되는 영광을 얻게 되었다. 범인 검거와 신고 출동 등 다방면에서 전국 1위를 차지했다. 지구대 전 직원이 대통령 표창까지 받는 혜택을 누렸다. 지구대에서 내가 있던 우리 팀이 가장 우수했다. 그리고 중요 범인 검거만큼은 내가 독보적이었다. 나와 함께한 동료들 모두 사명감을 가지고 일해온 경찰관이었다.

경찰이라면 지역 경찰관이나 형사, 수사 따질 것 없이 누구나 같은 일을 할 수 있다. 무엇보다 피해자들은 처음 접수한 경찰관이 신속히 범인을 검거해주길 원한다.

나는 나에게 도움을 청하는 사람에게는 적극적인 모습을 보여줘야겠다고 생각했다. 이런 모습이 그들에게 신뢰를 얻게 된다고 생각하기 때문이다. 무엇보다 이런 자세가 전국 1위라는 좋은 결과로 이어질 수 있었다고 믿는다.

4장

나는 경찰이 되어 소중한 인생의 지혜를 배웠다

재능은 타고나는 것이 아니라 만들어진다

사람은 누구나 타고난 재능이 있다. 각자가 달란트를 가지고 있다. 그리고 그것은 경찰도 마찬가지다. 경찰관들 모두 각기 다른 재능을 가지고 있다.

예를 들면, 여경인 김 순경은 공감 능력이 뛰어나다. 흥분한 민원인을 진정시키거나 여성 민원인에게 그 능력을 발휘한다.

강력팀 선배 안 형사는 추적과 통신 수사의 달인이다. 그에게 포착된 범인은 모두 검거된다. 통신자료를 분석하며 범인의 은신처를 알아낸 뒤, 최소한의 잠복만으로 검거한다. 심지어 우리가 원하는 시간에 가서 검거하곤 했다.

나와 동갑내기인 김 형사는 현장 감각이 탁월하다. 내가 범인을 잡지 못해 쩔쩔매고 있으면 함께 현장에 나갔다. 그와 함께할 때면 신기하게도 혼자서는 놓쳤던 단서가 나오곤 했다.

부팀장이었던 서 형사는 모든 규정과 절차를 알고 있다. 실무상 모르는 부분은 그에게 가면 속 시원하게 해결해준다. 전에 있던 곳에서 별명이 서 박사였다고 한다.

이처럼 누구나 갖추고 있는 강점, 일의 재능을 한두 가지는 가지고 있다. 물론 그중에는 타고난 것도 있다고 생각한다.

나의 경우, 사건을 분석하고 혐의를 입증해가는 과정을 좋아한다. 그 자료로 범인을 조사하는 것도 좋다. 특히 이런 과정을 통해 범인을 옴짝달싹 못 하게 만들 때면, 통쾌함마저 느낀다. 무엇보다 내가 잘하는 일이다.

하지만 나는 이것 말고도 추적과 통신 수사도 잘한다. 현장 감각도 있어서 범인을 추적하며 검거하기도 한다. 실무적인 지식 또한 두루두루 갖추고 있다. 언젠가 지구대에 방문한 민원인이 나에게 고소사건 상담을 요청한 적이 있다. 내 상담을 받은 그는 "지구대에도 이런 설명을 해줄 정도의 경찰관이 있는 줄 몰랐네요"라며 감탄하기까지 했다.

내가 어떻게 다양한 능력을 갖추게 되었을까? 나는 내게 부족한 부분을 재능이 뛰어난 사람에게 배우고, 다양한 경험을 통해 지금의 능력을 갖추게 되었다.

내가 6년 동안 섬기고 있는 교회가 있다. 김포에 있는 '하나로교회'다. 그곳의 담임인 백선기 목사는 매년 성도들을 대상으로 제자교육을 하신다. 그 과정은 약 1년 정도로 신앙적인 부분을 포함해 건강, 의식, 자존감, 자기계발 등 다양한 교육을 하고 있다. 매주 과제도 내주신다. 과제를 열심히 하지 않으면 책망하기도 한다. 반대로 잘하면 칭찬을 아끼지 않으신다.

제자교육에서 목사님이 하신 말씀이 기억난다.

"우리에게 좋은 일과 나쁜 일이 있습니다. 좋은 것은 노력이 필요해요. 잘 안되기 때문이죠. 몸을 건강히 유지하는 것과 망치는 것, 둘 중에 뭐가 어려울까요? 당연히 건강을 유지하는 것입니다. 우리에게 좋은 것은 어렵습니다. 어려운 것을 잘하기 위해 노력해야 해요. 나에게 부족한 것, 잘 안되는 것에 집중하세요."

너무도 당연한 말이다. 건강을 유지하기 위해서는 영양, 체력, 수면, 스트레스 등 모든 관리가 필요하다. 반면에 아무거나 먹고 폭식하고, 무절제한 식사는 건강을 망치게 된다. 이 둘은 당연히 전자가 더 어렵고 힘이 든다. 후자의 경우, 편하게 먹고 마시고 대충 살면 된다. 너무 쉽다. 하지만 결국에는 몸이 망가질 뿐이다.

나는 나에게 부족하고, 재능이 없는 부분을 더 배우기 위해 집중했다. 앞으로의 경찰생활을 위해서는 반드시 극복해야 했기 때문이다.

처음 강력팀에 왔을 때 나는 자신감이 넘쳤었다. 이미 수사 경험이 있으니, 기존에 해온 것과 별반 다르지 않을 거라 생각했다. 하지만 그렇지 않았다. 강력팀 사건은 모두 현장을 중심으로 수사한다. 특히 CCTV 수사는 필수다. 현장 경험이 부족했던 나는 CCTV를 잘 보지 못했다. 도망가는 범인을 CCTV를 보며 추적하는데, 이것은 해본 사람만이 안다. 쉽지 않다는 것을.

강력팀은 현장에서 발품을 팔아가며 수사한다. 때로는 업소에서 CCTV 협조하러 온 나에게 따가운 시선을 보내기도 했다. 어떤 날은 나를 거지 취급했던 적도 있었다. 강력팀 선배들은 이 CCTV를 2배속, 4배속을 넘어 16배속 이상으로 본다. 시력이 1.2인 내가 봐도 잘 모르겠는데, 어느 순간 "잠깐!" 하고 외친다. 다시 돌려보면 범인이 영상에 지나가는 게 확인된다. 그럼 그 범인이 도망간 곳으로 가서 또 다른 CCTV를 확인하고 끝까지 추적한다. 이 방법이 CCTV를 이용한 전형적인 강력팀 수사 방법이라 할 수 있겠다.

하루는 관내에 날치기사건이 발생한 적이 있었다. 날치기사건은 요즘은 보기 드문 사건이다. 우리 팀은 모두 현장에 나갔다. 팀장을 제외하고 2명씩 조를 나눴다. 나는 선배 형사와 함께 범인을 추적했다.

선배는 신기하게도 사거리 또는 길 전체를 비추는 CCTV를 잘 찾았다. 주로 안마시술소와 노래방의 CCTV가 잘되어 있었다. 함께 영상을 보던 중, 선배가 급히 전화를 받으며 나에게 "네가 영상 보고 있어 봐"라고 말한 뒤 잠시 자리를 비웠다. 나는 '선배가 이제야 나를 신뢰하는구나'라는 생각에 열심히 영상을 보기로 결심했다.

나는 화면이 뚫어져라 영상을 봤다. 눈이 따가울 정도로 크게 뜨고

봤다. 혹여나 눈을 깜박이면, 그사이 범인이 지나갈까 눈도 감지 않았었다. 나중에는 선배 흉내를 내보며 영상 속도를 올렸다.

범인은 CCTV에 보이지 않았다. 그렇다면 이곳이 아닌 반대 방향으로 도주한 거라 판단했다. 그때 선배가 나에게 와서 물었다. "그놈 나왔냐?" 나는 자신 있게, "아니요. 여기 말고 반대쪽 같아요"라고 말했다.

하지만 선배는 직감적으로 뭔가 이상함을 느꼈는지 다시 영상을 보자고 했다. 나는 속으로 아직도 나를 못 믿는 것인가 싶은 마음이 들었다. 한참 영상을 보던 중 선배가 갑자기 영상을 멈추었다. 그러곤 천천히 영상을 보았다. 그러자 날치기 범인이 핸드백을 들고 내달리는 모습이 보이는 게 아닌가! 선배는 나를 보고 "여기 보이잖아"라며 한숨을 푹 쉬었다.

'내가 보지 못한 것을 그는 어떻게 보았을까?' 이것은 배워서 되는 게 아니라 재능이나 동물적인 감각을 타고난 게 아닌가 싶었다. 형사로서 특별한 재능이 있어야 하는 것인가 하는 의문도 생겼다.

그날 밤 우리 팀은 새벽까지 날치기 범인을 추적했다. 알고 보니, 그는 휴가를 나와 복귀하지 않은 군인이었다. 돈이 떨어져 길을 배회하다, 우연히 핸드백을 들고 가는 여성을 보고 날치기를 한 것이었다.

열심히 추적한 끝에 범인의 인적 사항과 핸드폰 번호를 알아냈다. 선배는 긴급으로 실시간 위치추적을 했다. 그 짧은 시간에 범인의 핸드폰 통화 내용 분석까지 마쳤다. 새벽 3시가 넘어서야 가까스로 범인을 발견할 수 있었다. 그는 우리를 보자마자 형사라는 것을 눈치챈 것인지 반대편 도로로 도망가기 시작했다. 아주 건장한 군인이었다. 달리기가 매우 재빨랐다.

그는 차가 오는 것도 무시하고 도로를 질주했다. 나는 감히 차에 치일까 봐 따라가지 못했다. 그런데 선배와 동갑내기 형사는 그를 부리나케 쫓아가는 것이었다. 중앙선을 넘고 그를 따라가서 인도에 도착하자 넘어뜨리고는 결국에는 그를 붙잡았다. 반항하는 것을 강제로 눕혀 체포했다. 우리 팀 형사들의 끈기와 열정에 정말이지 감탄이 절로 나왔다.

나는 이들과 함께 현장을 누비며 부족한 부분을 채워나갔다. 내가 어떤 부분이 부족한지 알고, 이 부분을 채우기 위해 집중했다. 그러자 나도 그들만큼은 아니지만, 필요한 능력이 채워지기 시작했다. 나는 이 방법으로 다양한 사람들로부터 내게 부족한 부분을 메꿔나갔다. 즉, 재능 있는 사람들에게 물고기 잡는 법을 배워나간 것이다.

세계적으로 유명한 심리학 교수인 안젤라 더크워스(Angela Duckworth)는 그의 저서 《그릿》에서 재능만으로는 성공이 보장되지 않는다고 하며, 재능보다 더 중요한 것은 열정과 끈기라고 말한다. 무엇보다 타고난 재능보다 노력이 더욱 중요하다고 강조한다.

나는 누구나 타고난 재능은 있다고 생각한다. 하지만 타고나지 않거나, 부족한 재능은 배움과 경험을 통해 충분히 얻을 수 있다. 《그릿》 저자의 말과 나의 경험처럼 노력을 통해 충분히 얻을 수 있다고 생각한다.

스펙 없어도
최고의 경찰관이 될 수 있다

나는 실업계 고졸 출신이다. 가정 형편 때문에 대학을 가지 못했다. 자격증이라곤, 고등학교 시절에 취득한 측량기능사뿐이다. 이후 경찰이 되려고 실용 글쓰기와 워드 1급, 운전면허 등 가점용으로 취득한 게 전부다. 이처럼 나는 누구나 다 가지고 있는 흔한 학벌이나 특별한 자격증과 같은 스펙조차 갖추고 있지 못하다. 한마디로 무스펙이다.

경찰에 입직해서 동료들을 보니, 그들 중에 무도 단증이 없는 사람을 거의 보지 못했다. 단증 역시 경찰에 가점이 되기 때문에 갖춘 경찰들이 꽤 많다. 하지만 이런 단증도 나는 갖추지 못했다. 그렇다. 나는 무단자다.

내가 초등학교 시절, 많은 학생이 태권도, 합기도와 같은 무도를 배우러 가곤 했었다. 나도 태권도를 배우고 싶었지만, 우리 집 형편으로는 다닐 수 없었다.

어느 날이었다. 동사무소에서 동네 학생에게 태권도를 무료로 강습한다는 소식지를 보게 되었다. 나는 호기심에 동생과 함께 동사무소를 찾아갔다. 그날 저녁 8시에 바로 시작한다고 했다.

나와 동생은 설레는 마음으로 동사무소에 다시 갔다. 그 직원은 우리를 근처에 있는 한 태권도 도장으로 데려갔다. 초록색 매트로 된 도장은 그야말로 환상적이었다. 그때 도장 한쪽 사무실에서 흰색 태권도 도복 차림의 아저씨가 위풍당당하게 걸어 나왔다. 비록 배가 불룩했지만, 나는 그 사람이 상당한 고수라는 것을 한눈에 알 수 있었다.

그곳에서 1시간 정도 품새를 배웠다. 동사무소 직원은 만족스러운 표정으로 나와 관장을 보며 사진을 촬영했다. 교육을 마치자 다음 주 같은 시간에 다시 오라고 했다. 다른 수강생들과 같이 교육받는 줄 알았는데 그게 아니었다. 나는 주 1회만 해준다는 것이었다. 그러곤 두 사람은 나에게 태권도 도복을 줄지, 말지에 대해 고민하고 있었다. 그리고 결국 도복은 제공하지 않았다.

도복도 없이, 일주일에 1시간 수업이었다. 어린 나이지만, 나는 이게 뭔지 알고 있었다. 공짜 수강생이었던 나를 일반 수강생과는 차별을 두겠다는 말이었다. 어렸지만 창피하고 자존심이 상했다. 그래서 다음부터는 그곳을 가지 않았다.

일주일 후였다. 학교에서 지역 신문을 들고 온 친구가 있었다. 그 신문에는 불우한 학생을 위한 무료 태권도 교육 지원 기사가 있었다. 기사에는 사진이 있었는데, 나와 동생이 태권도 하는 모습이 신문에 나와 있었다. 친구들은 "뭐야, 이거 이재형 아니냐? 재형이 같은데?"라고 하며 서로 킥킥대며 웃었다. 너무도 창피한 나는 고개를 들지 못한 채 내가 아니라며 거짓말했다. 그 자리에서 나라고 인정하면 학교에서 더는 얼굴을 들지 못할 것만 같았기 때문이다. 그 뒤로 나는 태권도가 너무 싫어졌다.

중앙경찰학교에서는 교육생들이 한 가지의 무도를 선택해서 교육을 받는다. 태권도, 합기도, 유도, 검도 중에서 선택한다. 당시에 나는 합기도를 신청했었다. 그 이유는 중학교 시절에 인기 많은 친구가 합기도를 했기 때문이다. 그가 발 차기를 하고 뒤로 재주넘는 모습이 멋있었다. 그래서 언젠가 무도를 한다면 꼭 합기도를 해보고 싶다고 생각했다. 하지만 실제로 해보니 생각보다 재미있지는 않았다. 그래도 무단인 내가 1단이라도 갖출 수 있는 기회가 있어 단증 시험도 준비했다.

단증 시험을 불과 몇 주 앞둔 어느 날이었다. 일과가 끝나고 샤워하고 있었다. 그때 한 동기가 샤워장 문을 벌컥 여는 것이었다. 그 바람에 문 하부 모서리가 내 오른쪽 발목에 부딪혔다. 도끼로 찍힌 기분이었다. 다리에 힘이 풀려 주저앉았고, 아래를 보니 발목에서는 피가 철철 흐르고 있었다. 나는 샤워하다가 그만 봉변을 당한 것이었다. 급하게 비누 묻은 몸을 닦고, 다른 동기의 도움으로 간신히 옷을 입었다.

그러곤 지도관님의 차로 근처에 있는 아산병원 응급실로 가서 봉합수술을 했다. 의사는 내 발목의 신경이 망가졌다고 했다.

지금도 망가진 신경 때문인지 상처를 만지면 오른발 전체가 전기가 오듯 찌릿찌릿하다. 이 일로 나는 당연히 단증 심사에 참여하지 못했다. 이것이 지금까지 내가 무도 단증 하나 갖추지 못하게 된 배경이다.

무스펙에 실업계 고졸 출신, 자존감 바닥이었던 나도 경찰에 합격했다. 합격하고도 우여곡절을 이겨내며 10년 넘게 경찰을 하고 있다. 지금은 어느덧 선배 경찰관이 되어 후배들의 멘토로 활약하거나, 그들을 가르치기도 한다. 무스펙인 내가 경찰에 들어와 지금의 모습으로 살게 된 이유는 무엇일까?

내가 경험했던 우리 조직은 고졸인 나를 무시하지 않았다. 내 발로 나갈지언정, 고졸이라고, 형사과나 수사과에서 나를 내치지 않았다는 것이다. 한마디로 스펙만 보고 나를 평가하지 않았다. 동료들은 모두 나의 능력이나 사람의 됨됨이를 보았다.

나 역시 동료를 학벌과 스펙과 같은 잣대로 평가하지 않는다. 물론 스펙이 많거나 이색적인 경력을 가진 동료에게 놀랐던 적은 있다. 그러나 스펙이 경찰로서 그 사람의 능력을 말해주지는 않았다. 즉, 스펙 많은 사람이 최고의 경찰은 아니었다. 반면, 무스펙이지만 인정받은 경찰을 많이 보았다. 다시 말해, 스펙은 경찰로서의 그 사람을 평가하는 기준이 되지 못한다는 것이다.

최고의 경찰, 동료와 시민에게 인정받는 좋은 경찰은 어떤 사람이라고 생각하는가? 나는 경찰로서 자기 일을 제대로 하는 사람이라고 생각한다. 이런 사람은 민원 응대, 동료 관계, 수사와 행정 업무 등 모든 면에서 확실한 두각을 나타냈다.

내 경험에 비춰볼 때, 수사 부서에서 근무한 경험이 지금 내 모습을 만들었다. 나는 경찰에 입직하면, 지역 관서만 있기보다는 다양한 부서에서 두루두루 경험하는 것을 추천한다. 경찰의 장점 중 하나가 근무할 부서가 다양하다는 것이다. 특히, 수사 부서에서 근무해보는 것을 강력하게 추천한다. 내가 이곳을 경험해야 한다고 주장하는 아주 특별한 이유가 있다.

경찰청에서 제공하는 '2021년도 경찰통계연보'를 보면, 기능별 경찰공무원 정원에 대해 나와 있다. 지구대, 파출소와 같은 지역 관서가 전체 인원의 39.3%를 차지하고, 수사는 7.9%, 형사는 13.2%다. 즉, 경찰조직에서 형사와 수사를 더한 수사 부서 정원이 전체의 20% 정도라는 것이다.

반면, 지역 관서 근무 인원은 거의 40%에 육박한다. 상당한 인원이다. 그만큼 제복 입는 지역 경찰관의 비중이 높다. 이런 지역 경찰은 공식적으로 수사 부서는 아니다. 하지만 그들이 수사와 아무 상관이 없다고 생각하는가?

지역 관서에서 출동하는 112신고 대부분은 범죄 신고다. 일부 신고는 현장에서 범인을 체포하기도 한다. 사건을 접수해 형사과나 수사과처럼 해당 부서에 인계하기도 한다. 이런 사건에서 지역 경찰은 초동수사를 담당한다. 수사는 초동수사가 매우 중요하다. 검사와 판사도 초동수사를 담당한 지역 경찰관이 작성한 서류를 중요하게 생각할 정도니까 말이다. 그만큼 수사의 중요한 한 부분을 지역 경찰에서 담당하고 있다는 것이다.

지역 경찰은 통계상에서는 비수사 부서지만, 실질적으로는 수사 부서의 업무를 상당히 많이 하고 있다. 흔히 수사는 경찰의 꽃이라 불리곤 한다. 그 이유가 전체 조직의 20%뿐인 희소성과 수사의 전문성 등의 이유 때문이라면 잘못된 것이다. 모든 초동수사를 담당하는 40%의 지역 관서를 포함하면, 실질적으로 수사하는 경찰은 전체의 60%나 된다.

나는 경찰에 입직하고 현재까지 항상 60% 안에 속해왔다. 자신이 나머지 40%에 속하는 곳에만 근무하는 게 아니라면 경찰에게 수사 경험은 반드시 필요하다. 뛰어난 능력을 갖춘 지역 관서 직원이 수사과나 형사과 직원보다 뛰어난 역량을 보여주는 것을 자주 보았다. 그들보다 법적 지식이 뛰어나기도 했다.

스펙은 없는 것보다는 있는 게 좋다. 그 자격을 갖추기 위해 피나는 노력도 했을 것이다. 하지만 경찰에게는 이런 스펙이 전부가 아니다. 스펙 많은 사람이 그렇지 않은 사람보다 업무를 몰라서 의지하는 것을 보기도 했고, 스펙 좋고 능력도 다 갖춘 사람도 보았다. 결국 최고의 경찰관이 되는 건, 그 사람의 노력이나 경험의 문제지, 스펙 문제는 아니라는 것이다.

경찰 조직의 60% 안에 있는 나와 같은 사람이 시민들과 가장 최일선에서 고군분투하는 경찰이다. 가장 가까운 곳에서 그들에게 도움을 주고 있다. 어떤 이들은 경찰을 향한 비난적인 언론보도를 보고, 우리를 향해 욕과 비난을 쏟아내곤 한다. 하지만 결국 그들도 마지막에는 우리에게 도움을 요청한다. 그리고 그 요청에 답해주기 위해 가는 것이 바로 60%에 속한 경찰이다.

자신이 생각하는 경찰의 목적이 누군가를 돕고 보람을 느끼고 싶다면, 나처럼 조직 구성의 60% 안에 남기를 바란다. 그리고 이곳에서 외근 업무와 수사 업무 등 다양한 경험을 쌓아 누구나 인정하는 최고의 경찰관이 되길 바란다.

시련과 경험이 나를 강하게 만들었다

내 인생을 돌아보면, 경찰이 되기 전과 후로 나눌 수 있다. 경찰이 되기 전에 나는 참 못났었다. 어린 시절부터 청년까지 다사다난했다. 물론 나보다 더한 삶을 살아온 사람도 많을 것이다. 하지만 내가 느낀 나의 고통은 말로 표현하기 힘들 정도였다.

이런 내가 어렵게 경찰이 되자, 많은 것이 달라졌다. 직업을 얻은 게 백만장자가 된 것은 아니지만, 많은 것을 이루도록 도움을 주었다.

경찰이 되고 아내와 결혼도 했다. 내 명의로 된 집도 생겼다. 이전에 있었던 많은 빚도 갚았다. 무엇보다 가난한 삶에서 탈출하게 되었다. 안정된 조직에 있다는 소속감이 불안한 나의 마음을 사라지게 했다. 그만큼 경찰에 들어와서 내가 얻은 것은 정말 많다.

물론 경찰에서도 인간관계 문제와 업무 미숙으로 옷을 벗을 뻔한 문제 등 나를 힘들게 했던 일도 많았다. 하지만 나는 잘 버티며 조금씩 성장해나갔다. 이제 나에게 더는 시련이 없을 거라, 앞으로 좋은 일만 가득할 거라, 기대하고 또 기대했다. 하지만 그럴 때마다 시련은 계속해서 나를 찾아오곤 했다.

여자 경찰관과 달리 남자 경찰관의 경우, 순경에 임용되면 의무적으로 경찰기동대에서 근무하게 된다. 의무기간은 보통 1년이다. 본인 희망에 따라 연장 근무도 가능하다.

나 역시 경장 계급으로 진급한 해에 인천기동대에서 근무했다. 그곳은 지구대와는 다른 곳이다. 마치 군대와 유사한 느낌이 드는 곳이었다. 경정 계급의 기동대장과 그 아래에 세 개 제대가 있다. 각 제대에는 경감 계급의 제대장과 그 아래에 네 개의 소대가 있다. 각 소대에는 경위 계급의 팀장과 경사 계급의 부팀장, 나머지는 순경 또는 경장으로 이루어진 팀원으로 구성된다. 소대원은 방패조와 봉조로 나뉘어 각자 임무를 분담한다.

경찰기동대는 주로 집회 시위 업무에 동원된다. 우리나라는 서울 광화문과 시청이 대규모 집회가 집중되는 곳이다. 그래서 서울청 소속의 기동대원들이 그곳 집회에 자주 동원되는 편이다. 내가 있던 곳은 인천에서 집회가 있거나, 다른 지역에 지원이 필요할 때 동원되곤 했다.

한여름에 서울 국무총리 공관 경비에 동원된 적이 있었다. 나는 땀을 뻘뻘 흘리며 공관 앞에 서 있었다. 이런 유의 근무를 우리는 일명 '뻗치기' 근무라고 말한다. 내가 가장 싫어하는 근무다.

교대를 막 끝내자 모르는 번호로 전화가 한 통 왔다. 받아보니 한 남자였는데, 그는 자신을 아버지의 회사 동료라고 했다. 이상한 생각이 들어 무슨 일인지 물었다. 그러자 다급한 목소리로 말했다.

"아버지가 회사에서 일하시다가 작은 부품이 눈에 들어갔어요. 지금 부평에 있는 안과로 가고 있어요. 아드님이 와 보셔야 할 것 같네요."

다시 불길한 생각이 엄습했다. 나는 바로 팀장님과 제대장님께 보고하고 먼저 퇴근했다. 퇴근길에 통화할 수 있을까 하는 마음에 아버지의 핸드폰으로 전화를 걸어보았다. 다행히 아버지께서 전화를 받으셨다. 나는 속으로 '그리 심각한 상황은 아니구나'라는 생각에 안심했다.

아버지는 공장에서 일하다가 파편이 눈에 들어갔다고 하셨다. 지금은 병원에서 검사 결과를 기다리는 중이라고 하셨다. 내가 아버지를 안심시켜드려야 하는데, 오히려 아버지가 나를 안심시켰다. 나는 아버지가 침착한 목소리로 말씀하셔서 괜찮은 줄 알았다.

그날 저녁, 어머니와 함께 병원에 갔다. 아버지는 수술실에 들어간 지 한참이 되었는데 나오지를 않고 있었다. 급한 마음에 나는 간호사에게 진행 상황을 물었지만, 간호사는 기다려달라고만 했다.

초조하게 수술 결과를 기다리고 있을 때, 아버지가 병실로 들어오셨다. 아버지는 마취가 풀리지 않아 주무시고 계셨다. 아버지의 한쪽 눈에는 안대를 쓰고 있었는데 불편해 보였다. 그 모습을 보자 나는 덜컥 겁이 나기 시작했다. 혹시 잘못되는 것은 아닐까 불안하기만 했다.

잠시 후, 수술한 의사가 보호자를 호출했다. 어머니와 내가 의사에게 가서 결과를 들었다. 하지만 차라리 듣지 않는 게 좋았다. 의사는 아버지 눈 속에서 빼낸 부품을 보여주었다. 그것은 내 새끼손가락 한 마디 크기의 철근이었다. 이 부품이 눈에 박힌 거였다. 의사는 부품이 둥근 모양이라서 빼낼 수 있는 수술 도구가 없었다고 했다. 그래서 수술 시간이 오래 걸렸다고 했다. 문제는 이것만이 아니었다. 그의 말에 의하면, 아버지의 한쪽 눈은 회복하지 못한다고 했다. 이미 실명 상태라고 했다. 의사의 말을 들은 어머니와 나는 할 말을 잃었다. 그러곤 어머니는 내 옆에서 조용히 흐느끼셨다.

병실에서 막 깨어난 아버지를 보자 가슴이 미어졌다. 그 열악한 공장에서 일하다 이런 일을 당했으니, '내가 좀 더 잘 살았다면 공장에 다니지 않았어도 되었을 텐데'라는 생각에 슬프고 한탄스럽기만 했다.

나는 아버지께서 너무 충격을 받으실까 봐 실명되셨다는 것을 말하지 못했다. 그렇게 나의 아버지는 한순간의 사고로 장애인이 되어버렸다. 만일 나에게 이런 일이 있었다면 아마 제정신이 아니었을 것이다. 그날 밤, 집에 와서 혼자 한쪽 눈을 감고 정면을 바라보았다. 그런데 시야가 너무 불편했다. 아버지가 이런 불편한 상태로 평생 살아간다고 생각하니 가슴이 먹먹했다.

나는 걱정이 되어 부모님 집을 자주 찾아뵙고 전화도 자주 드렸다. 그런데 아버지는 자신이 잃어버린 시력을 회복할 거라 믿고 계셨다. 아버지는 희망을 품고 행동하시기 시작했다. 평소 자주 드시던 술도 끊고, 밖으로 나가 조금이라도 걸으면서 운동도 하셨다. 그런 아버지가 나는 대단하다고 생각했다.

그러나 의사의 진단은 틀리지 않았다. 결국, 아버지의 한쪽 눈은 시력을 회복하지 못했다. 그제야 아버지도 현실을 인정하기 시작했다. 그러곤 좌절하셨다. 참 많이도 힘들어하셨다. 길에서 누군가 아버지의 눈을 보고 이상하게 여길까 봐 걱정된다고 버릇처럼 말씀하셨다. 나 역시 코에 있는 큰 흉터로 인해 같은 경험이 있었기에 아버지의 마음이 더 공감되어 가슴 아팠다.

나의 아버지는 이대로 좌절하고 살았을까. 그렇지 않았다. 아버지는 다시 일어서보기로 했다. 일도 다시 하겠다고 하셨다. 나는 그런 아버지를 적극적으로 도와야겠다고 생각했다. 먼저 안경사를 하는 친구에게 모셔가서 멋진 안경을 맞춰 드렸다. 생각보다 안경이 잘 어울려 훨씬 나아 보였다. 아버지도 자신감이 생기셨는지 이번에는 경비교육을 받아 경비원을 해보겠다고 하셨다.

지금 부모님은 내가 사는 집과 3분 거리에 살고 계신다. 아버지는 몇 년째 아파트 경비원으로 일하고 계신다. 내 아이가 아버지가 일하는 아파트 어린이집에 다닐 때가 있었다. 아버지는 몸이 불편한 어머니를 대신해 손자의 등하원을 책임져주시기도 했다. 아버지는 지금 장애를 극복하고, 과거보다 더 나은 모습으로 살고 계신다.

어린 시절, 아버지는 무뚝뚝하고 엄하셨다. 그래서인지 지금도 나와는 조금 서먹한 부분이 있다. 하지만 손자인 내 아들한테만큼은 누구보다 정성을 다하신다. 아이에게 꼼짝을 못 하신다. 나는 어릴 때 아버지가 무서워서 말도 제대로 하지 못했지만, 내 아이는 할아버지에게 짓궂게 장난한다. 아마 나와 동생에게 주지 못한 사랑을 손자에게 주고 계신 것 같다.

되돌아보면, 지금까지 내가 겪은 시련은 지금의 단단한 나로 만들어지도록 도와준 도구였다. 물론 더는 겪고 싶지 않다. 너무 힘이 들었으니 말이다. 하지만 지금은 그때 일을 웃으면서 이야기할 수 있다. 잘 극복했으니 말이다. 누군가는 시련이 변형된 축복이라고 말하기도 한다. 나의 아버지가 극복한 것처럼, 나도 과거의 상처에 머물러 있지 않고 있다. 현재와 앞으로 펼쳐질 미래를 기대하며 살아간다.

나와 우리 가족은 과거보다 지금이 훨씬 좋다. 앞으로는 더욱 좋아질 거라 고대하고 또 고대한다.

나는 경찰이 되어 소중한 인생의 지혜를 배웠다

지금은 4차 산업혁명 시대다. 전에는 한 가지만 잘해도 성공했지만, 현재는 많은 사람이 본업 외에도 유튜브, 블로그, 인스타그램, 네이버 스마트스토어 등 다양한 경로를 통해 수익을 창출한다. 자신이 가진 정보와 지식을 제공하며 파이프라인을 늘려가고 있다. 이제는 한 가지만 잘해서는 안 되는 세상이 되었다. 특히 스마트폰 발달로 이런 현상은 더욱 가속화되고 있다. 그래서 여러 가지를 할 줄 알아야 한다. 바로 멀티가 필요한 시대라는 것이다.

경찰의 역할이 범인 검거와 예방, 질서 유지처럼 본연의 활동만 하면 끝이라고 생각하는가? 그렇지 않다. 경찰의 영역이 아닌 부분을 감당할 때가 많다. 홍보 활동을 비롯해 범죄 피해자에 대한 사후 조치, 청소년 선도 등 다양한 영역에 개입한다. 무엇보다 이제는 시민들도 경찰에게 범죄 신고만 하지 않는다. 민사 문제, 주차 시비, 단순 민원, 층간 소음까지 다양하게 신고한다. 심지어 공공화장실에 휴지가 떨어졌다는 신고를 접수한 적도 있었다. 그들은 경찰이 이 모든 것을 해결해주길 원하고 있다. 우리가 만능이 되길 바라는 것이다.

시민의 기대와 달리, 애석하게도 경찰은 만능이 아니다. 하지만 어느 정도의 멀티플레이는 가능하다. 그래서인지 경찰 영역이 아닌 부분으로 업무 영역이 점차 확대되는 추세다.

사람을 구조하는 활동은 소방과 의사만의 고유 업무라고 생각하는가? 아니다. 경찰도 많은 생명을 구조한다. 특히, 자살 신고 현장에서 죽기 직전의 사람을 구조하는 경우가 그렇다. 경찰은 여기서 끝이 아니다. 그들을 가족의 품에 안겨주거나, 필요하면 병원에 입원시켜주기도 한다. 즉, 생명 구조와 행정 조치까지 하고 있다. 이렇게 경찰은 많은 일을 하고 있고, 사회는 점점 더 경찰에게 많은 일을 해주길 원하고 있다.

지구대에서 3년 차 후배 여경인 김 순경과 근무할 때였다. 아빠가 죽는다는 신고를 접수했다. 신고자는 요구조자의 아들인데, 지방에 있는 관계로 집에 가지 못해 급히 경찰에 신고했다.

나와 후배는 요구조자의 집으로 가서 현관문을 두드렸다. 그러자 안에 있던 요구조자가 순순히 문을 열어주었다. 그의 집은 작은 원룸이었는데, 안방에는 술상이 차려져 있었다. 그는 대낮부터 술을 마시고 있었다. 거나하게 술에 취해 병으로 세상을 떠난 아내 사진을 보며 울고 있었다. 자살 시도 흔적도 없고 단순히 술만 마시고 있었다.

나는 안심하고 그와 깊은 대화를 나누었다. 그는 죽은 아내에게 살아생전 해준 게 없어 죄책감을 느낀다고 했다. 그러곤 죽고 싶다고 말했다. 약 30분간 대화하며 가까스로 그를 진정시키고 집을 나왔다. 바로 다른 112신고를 접수하고 출동했다.

그때 다시 신고자에게 전화가 왔다.

"경찰관님! 아버지가 지금 또 죽으려고 해요! 다시 집에 가보면 안 될까요?"

나는 순찰차를 돌려 다시 그 집으로 갔다. 사이렌을 울리고 신호까지 위반해가며 차를 운행했다. 그의 집 앞에서 현관문을 열어보려고 할 때였다. 안에서 "컥! 컥!" 하는 소리가 들려왔다. 기침 소리도 났다. 나는 순간 그가 안에서 목을 매고 있다는 불길한 느낌이 들었다. 다행히 현관문이 잠기지 않아 문을 열고 그대로 들어갔다. 급한 마음에 신발도 벗지 못하고 안방으로 달려갔다.

그 남성은 스타킹을 자기 목에 두르고 자살을 시도하고 있었다. 그러다 마침, 스타킹이 끊어져 자살에 실패한 것이었다. 나는 그가 더는 자해하지 못하도록 재빨리 그를 제압했다. 그러곤 방 한쪽에 강제로 앉혔다. 그의 목 주변을 보니 빨갛게 부어올랐다. 조금만 늦었다면 그는 이미 이 세상 사람이 아니었을 거라는 생각에 심장이 벌렁거렸다.

이대로 그를 두고 가면 또다시 자살을 시도할 거라는 생각이 들어 고민되었다.

경찰관은 정신질환자로 추정되는 사람이 자신의 건강과 안전, 그리고 다른 사람에게 해를 끼칠 위험이 있는 경우, 상황이 급박하면 정신의료기관에 응급입원을 의뢰할 수 있다. 응급입원의 경우 그 기간은 3일이다. 나는 이 남성의 응급입원을 결정했다. 유일하게 그의 자해 시도를 막는 방법이었다. 그날 그를 병원에 입원시킨 후 더는 자살 신고가 없었다. 앞으로도 그런 신고가 없기를 바랄 뿐이다.

지구대에는 보통 하루에도 몇 번씩 자살 신고가 접수된다. 물론 대부분은 시도하지 않는다. 하지만 몇몇은 실제로 시도하고, 끝내 목숨을 잃기도 한다. 김 순경은 나와 그 사건을 겪고 나서, 3개월 후에 또 한 번 소중한 생명을 구조했다.

그녀와 선배 경찰관이 함께 근무할 때였다. 이번에는 요구조자의 친구가 신고했다. 요구조자가 죽으려고 한다는 내용이었다. 김 순경과 선배는 즉시 현장에 출동했다. 장소는 빌라였는데 주차장에 화물차가 한 대 있었다. 그 차는 요구조자의 것이었다. 이상하게 여긴 선배가 차량 내부를 살폈다. 그런데 안에 뿌연 연기가 가득한 것이었다. 더욱 자세히 보니, 그 안에 사람이 아무런 미동도 없이 자리에 앉아 있었다. 옆에는 냄비에 번개탄이 있었다. 그는 차 안에서 번개탄을 피우고 죽으려고 한 것이었다.

선배는 문손잡이를 잡아당겼다. 그러나 문이 잠겼는지 열리지 않았다. 이번에는 그를 깨우기 위해 문을 두드렸다. 하지만 그는 일어날 기미조차 없었다.

더는 방법이 없었다. 선배는 차량 유리창을 부수고 그를 꺼내야겠다고 생각했다. 평소 그는 '레스큐미'라는 차량 탈출용 망치를 가지고 다녔다. 이 장비를 실제로 사용하게 될 줄은 몰랐다고 했다.

선배는 '레스큐미'를 이용해, 화물차 운전석 유리창을 깨뜨렸다. 깨진 유리창 사이로 팔을 넣고 안에서 잠긴 문을 열었다. 김 순경과 함께 요구조자를 차에서 꺼내 연기가 없는 곳으로 데려갔다. 선배는 그를 구조하는 과정에서 유리에 긁혀 팔을 다쳤다. 하지만 자신의 상처가 중요한 게 아니었다. 요구조자를 빨리 구조해야 했으니 말이다.

요구조자가 조금 정신을 차렸다. 그의 이야기를 들어보니, 가난 때문에 극단적인 선택을 시도했다는 것이다. 가난이 무슨 죄인지 너무 가슴이 아프다.

선배와 김 순경은 그 남성을 병원에 데려다주고 지구대로 돌아왔다. 나는 선배의 팔을 보고 놀랐다. 팔 여기저기에 상처가 있어 누구에게 맞은 것인가 생각했다. 그는 생명을 구하기 위해 유리를 깨뜨리다가 다쳤다고 했다. 너무 급해 팔을 감쌀 만한 보호장구를 찾지 못했다고 한다.

나는 현장에서 어떻게든 생명을 구하기 위해 고군분투한 이들이 자랑스러웠다. 자신이 다치는 것 따위는 아랑곳하지 않고 온 힘을 다해 생명을 구했다. 나는 이런 사람들이 진짜 경찰이라고 생각한다. 책상에 앉아서 탁상공론만 하고, 현장이 어떤지 아무것도 모르는 사람 말고, 현장에서 발로 뛰는 이런 사람들이 진짜 경찰이라고 생각한다. 그것도 시민들이 원하는 경찰관 말이다.

그 외에도 옥상에서 떨어지는 사람의 팔을 잡아 살린 일, 가위로 손목을 그으려는 사람을 제압해서 구조한 일, 베란다에서 자살 시도자를 구한 일 등 내가 경찰생활을 하며 나와 동료가 생명을 구한 사례는 셀 수 없이 많다.

경찰관은 만능이 아니다. 슈퍼맨도 아니다. 모든 요구를 다 들어주거나 해결해주지는 못한다. 분명히 한계가 존재한다. 하지만 우리는 시민들이 요구하는 것에 발맞춰가고 있다. 이제는 경찰관도 점점 멀티플레이어가 되고 있다.

경찰관이 아닌
상대방의 입장에서 생각하라

추운 겨울 어느 날, 내가 형사팀에서 근무할 때였다. 한 야적장에서 사고가 발생했다. 대형 트럭 위에서 1톤짜리 적재 물건을 하차하던 인부가 바닥에 추락한 사고다. 떨어지는 순간 머리가 땅에 부딪혔다. 바로 병원으로 후송되긴 했지만 깨어나질 못했다. 경부가 골절되어 뇌사까지 이르게 된 안타까운 사건이었다.

이 사건은 내가 담당했다. 나는 작업 당시 업체 측에서 그에게 어떤 안전조치를 했는지 확인해야 했다. 그래서 업체 현장소장 또는 대표이사에게 안전 의무 불이행에 대한 업무상과실치사상죄를 적용할지, 말지를 판단해야 했다.

이 사건은 처음부터 삐걱거렸다. 유족이 나에게 국민신문고 민원을 제기한 것이다. 민원 내용은 이랬다. "담당 형사는 피해자가 있는 병원에 찾아오지도 않는다. 수사도 제대로 하지 않는다"라는 내용이었다. 나를 비롯한 많은 경찰관이 민원을 제소당하곤 한다. 그러나 경찰들 대부분은 민원이 아니어도 제대로 수사한다. 경찰은 외부와 내부 통제를 받기 때문이다. 조직 내부에서는 팀장, 과장, 서장에게 통제받는다. 최근에는 수사심의관 제도가 생기며 검토받아야 할 라인이 추가되어 통제가 강화되었다.

한편, 외부에서는 검사와 판사로부터 법적인 통제를 받고 있다. 언론의 통제는 말할 것도 없다. 즉, 경찰 마음대로 사건을 조작하는 것은 불가능하다. 오히려 민원 제소로 인해 수사관의 마음만 더 불편하고 부담만 가중될 뿐이다. 당시 나 역시 마음이 불편했다. 그렇지 않아도 인명 피해가 발생한 사건인데, 내 마음이 편할 리가 없지 않은가. 차라리 나에게 전화를 걸어 궁금한 점, 도와주길 바라는 점에 대해 직접 요구했다면 더 좋지 않았을까 생각했다.

나는 그날 바로 피해자가 있는 병원으로 갔다. 중환자실이었다. 나는 의사가 아니기에 당장 그에게 해줄 수 있는 것은 없었다. 어떻게 사고가 났고, 어떤 상태인지는 병원의 협조와 진단을 통해 이미 확인했다. 나는 유족을 만나 위로를 드린 후 의사를 만났다. 의사는 가망이 없다고 했다. 뇌사상태로 이미 사망한 것이나 마찬가지라고 말했다.

경찰이 다녀가서 그런 것일까? 병원을 나와 경찰서에 막 도착했을 때, 유족에게 연락이 왔다. 피해자가 지금 막 사망했다고 했다. 그때부터 유족은 사건에 의문을 제기하기 시작했다. 추락이 아니라 굴착기 같은 중장비에 의해 사고를 당한 것이라며, 단순 추락 사고가 아니라고 강하게 주장했다.

하지만 내 판단으로는 피해자는 굴착기에 맞은 게 아니었다. 이런 나의 설명에도 불구하고 그들은 내 말을 듣지 않았다. 결국, 시신은 부검까지 해야 했다.

서울 양천구에 있는 서울과학수사연구소에서 부검했다. 부검전문의 판단도 내가 내린 판단과 유사했다. 무엇보다 사고 장면을 본 목격자 진술도 나의 의견과 일치했다. 하지만 유족은 이를 받아들이지 않았다. 계속해서 타살이나 다른 사고를 주장했다. 그렇다고 내가 유족의 뜻대로 끌려다닐 수는 없지 않은가? 나는 원칙대로 수사했다. 현장소장에게도 혐의가 인정되었다. 그런데도 유족은 끝까지 다른 주장을 했다. 유족이 이해를 못 하자, 나도 슬슬 화가 나기 시작했다. 왜냐하면 그들은 수시로 나에게 전화를 걸어 으름장을 놓았기 때문다. 그러곤 툭하면 국민신문고에 제소했다.

부검 결과를 들은 유족은 "부검해봐야 아무 소용도 없네요. 처음과 결과가 같잖아요"라고 말했다. 그들은 부검 결과가 자신에게 유리한 대로 나올 거라 생각했나 보다. 하지만 부검은 사망 원인을 확인하는 것이지, 유족이 바라는 결과를 말해주는 것은 아니다.

이 사건으로 나는 몇 개월을 시달려야 했다. 나중에는 사건기록을 쳐다보기도 싫을 정도였다. 사건이 정리될 즈음, 피해자의 아들이 찾아왔다. 업체와 합의했다고 하며 합의서를 제출하러 왔다고 했다. 나는 서류를 받으며 그와 이야기를 나누었다.

그는 아버지가 사고를 당하자, 아버지의 동생, 친척들이 "노무사를 선임해라, 업체로부터 장례비용 같은 돈 받지 말아라, 경찰에 민원 넣어라"라는 내용을 말해줘서 그대로 했다고 한다. 하지만 오랜 시간을 버티자, 업체 측에서도 합의금을 오히려 줄여버린 상태였다. 유족이 원하는 방향대로 진행되지 않자, 친척들과의 사이도 갈라졌다고 했다. 그는 상당히 지쳐 있는 모습이었다. 집으로 가는 그의 뒷모습을 보면서 나는 미안한 감정이 생겨났다.

사실 나는 그들에게 너무 시달려 퉁명스럽게 대하거나 화를 내기도 했다. 하지만 그들에게는 기둥과 같은 아버지, 가장인 남편이 죽은 것이었다. 내 가족의 죽음에 의심과 의문이 생기는 것은 지극히 당연한 일이다. 결국에는 모든 것을 잃고 상심한 것은 내가 아니라 유족들이었다. 나는 더 친절하게 대해주지 못하고, 조금 더 그들의 입장을 헤아리지 못한 것이 너무 미안해졌다. 형사라고 해서 나는 그들보다 우월감을 가지고 있었나 보다. 차라리 완벽한 경찰이 되기보다 공감해주는 경찰이 그들에게는 더 필요했을 텐데.

1년 전 나는 잊을 수 없는 일을 경험했다. 경찰생활을 하면서 이런 치욕스러운 일은 처음이었다.

매일같이 지구대로 찾아오는 60대 주취자가 있었다. 그는 술에 취하면, 지구대로 와서 "서장 나와! 지구대장 나오라고 해!"라고 행패를 부린다. 그리고 1시간이고 2시간이고 집에 가질 않는다.

야간 근무 날이었다. 그날도 어김없이 찾아왔다. 당시 신고가 너무 많아 그를 상대할 여유가 없었다. 나는 처음부터 지구대 안에 들어오지 못하게 하려고 건물 밖에서 그를 맞이했다. 그리고 집에 귀가하라고 잘 타일렀다. 하지만 그는 가지 않고 계속 주정을 부렸다. 나는 점점 지치기 시작했다. 내 성격상 이런 사람들과 대화를 많이 하면 기력이 빨리는 느낌이 들곤 한다.

그는 성적인 말까지 하며 나를 조롱했다. 차라리 나에게 주먹질했다면 공무집행방해죄로 체포했을 텐데, 나는 이러지도 저러지도 못하고 답답하기만 했다. 그는 손으로 자기 성기까지 움켜잡고 조롱하기 시작했다. 성적 조롱이 극에 달했다. 물론 나의 참을성도 점점 극에 달하고 있었다. 그리고 그는 절대 하지 말아야 할 일을 저질렀다. 그가 손으로 내 성기를 툭툭 치면서 만진 것이었다!

나는 참고 있던 분노가 폭발했다. 뚜껑 열린다는 말이 딱 맞았다. 나도 사람인데 그런 모욕을 당하고 참을 사람이 누가 있겠는가. 당시 내 주변에는 여러 명의 후배들이 있었다. 나는 여경 후배 앞에서 주취자에게 강제추행을 당한 것이다. 졸지에 내가 성범죄 피해자가 되었다.

내가 그를 어떻게 했을까? 당연히 현장에서 검거했다. 나는 그를 공무집행방해죄로 체포했다. 내 소중한 곳을 건드렸으니, 당연히 혐의가 있다고 판단했다. 또한, 그의 행위는 강제추행과 같은 성범죄에도 해당한다. 하지만 나는 강제추행까지 할 수 없었다. 경찰관이, 그것도 남자 경찰관이 지구대 앞마당, 나의 필드에서 남자에게 성추행당한 일을 사건으로 만들고 싶지 않았기 때문이다.

일반적인 성범죄는 주로 여성이 피해자다. 반대로 남성이 가해자인 경우가 많다. 그리고 대부분 동성보다 이성에 의해 발생한다. 나 역시 성범죄 피해자 중에 남자를 본 적이 없었다. 그래서인지 성범죄 피해자의 마음을 이해한다고 하지만, 깊이 공감하지는 못했었다. 하지만 내가 당해보니 느껴졌다. 성범죄 피해자들, 특히 여성들이 얼마나 수치심을 느끼게 될지를 직접 경험하니 조금은 그들의 심정을 헤아릴 수 있었다.

초임 형사 시절, 나는 불같은 성격을 곧잘 내비치곤 했다. 조사 대상자들에게도 가끔 화를 냈다. 내가 약해 보이기 싫어 더 그랬던 것일까? 시간이 흐른 지금의 나는 예전처럼 화를 잘 내지 않는다. 물론 정말 악질적이고 강한 법 집행이 필요한 경우에는 단호히 대처한다.

하지만 이 두 사건을 경험하며 깊이 깨달았다. 경찰관으로서 내가 존중받길 원한다면, 먼저 상대방을 헤아리고 존중해야 한다는 것이다. 특히 범죄 피해자들이 피해 상황에서 마지막으로 기댈 수 있는 게 경찰이다. 최소한 피해자처럼 나의 도움이 필요한 사람만큼은 외면해서는 안 된다는 것을 깨달았다.

1,200만 관객을 동원한 마동석 주연의 영화 〈범죄도시 2〉에서 마석도 형사가 베트남에서 한국인 피해자를 확인하려고 남의 집에 들어가려는 장면이 나온다. 그때 그를 말리는 경찰관에게 마석도 형사가 했던 말이 생각난다.

"이 나라 법이 우리나라 사람을 못 구해주면, 우리라도 지켜줘야 하는 거 아닌가?"

경찰을 통해 자존감을 회복하게 되었다

어린 시절, 나는 지독한 가난과 코에 있는 흉터로 바닥 같은 자존감을 가졌었다. 친구들이 나를 비웃고 놀려도 말 한마디 제대로 하지 못했다. 사실 대항할 정도의 강단 있는 성격도 아니었다. 나보다 두 살 어린 남동생과는 초등학교, 중학교 모두 같은 곳을 다녔다. 학교에서는 이런 형을 동생이 보게 될까 봐 걱정되어 동생을 피해 다녔다. 집에서는 동생과 부모님께는 말도 못하고 혼자서 끙끙 앓기만 했다.

경찰이 된 지금, 종종 학교폭력 피해 학생들을 만나곤 한다. 그들에게서 나의 어린 시절이 생각나 가슴 아플 때가 있다. 경찰이나 학교에서조차 그들에게 큰 힘이 되지 못해 안타깝기만 하다.

하지만 자존감을 높이려면 결국 스스로 변해야 한다. 극복하겠다는 마음가짐이 필요하다. 의식, 즉 내면을 바꾸지 않는다면 절대 이겨낼 수 없다.

나는 중학교 3학년이 되면서 자존감을 높이기 위해 부단히 노력했다. 친구들과 어울려보려고도 해보았다. 그러자 내 주위에 친구들이 늘어나기 시작했다. 내성적인 나도 남들과 어울릴 줄 아는 성격으로 조금씩 변해갔다. 하지만 사람의 본래 성격 자체를 바꾸기란 어려웠는지, 또다시 힘든 일과 힘든 환경이 찾아올 때면 나의 자존감은 다시 나락으로 떨어지곤 했다.

성인이 되고는 학벌을 갖추지 못한 열등감 속에서 살았다. 남들은 최소 지방대 또는 전문대라도 졸업했는데, 실업계 고졸 출신인 나는 내세울 게 아무것도 없었다. 그런 열등감은 항상 나의 발목을 잡았다. 하지만 내가 이 열등감과 밑바닥 같은 자존감에 그저 굴복했다면 지금의 나는 없을 것이다. 나는 환경을 극복하기 위해 발버둥쳤다. 힘든 상황마다 절망도 했지만, 살아갈 방법을 찾아갔다.

나의 이런 절박한 상황이 나를 경찰로 이끌었다고 믿는다. 나에게는 경찰이 아니면 안 된다는 동기를 부여한 셈이었으니까 말이다.

경찰이 되자, 예전의 낮았던 자존감이 올라가기 시작했다. 내가 하고 싶은 일을 노력해서 이루었으니, 나에 대한 자부심이 커진 것이다. 물론, 경찰관으로 생활하는 게 쉽지는 않았다. 만나는 사람들은 대개 범죄자나 주취자였기 때문이다. 이런 이들을 상대하는 게 여간 버거운 것이 아니었다. 그들을 상대하려면 내가 강해져야 했다.

무엇보다 그들 앞에서 당당한 경찰이 되려면 업무에 정통해야 한다. 그만큼 많은 법적 지식이 필요했었다. 내가 수사 업무에 집중한 이유도 이 때문이었다. 수사 업무가 고되기는 하지만, 법적 지식과 업무 역량을 키우는 데, 정말 큰 도움이 되었다. 그곳에서 여러 사건을 접하면서 많은 자신감을 키울 수 있었다. 이렇게 습득한 지식에 내가 쌓아온 경험이 더해지니, 곤란한 상황이나 범죄자들과 맞닥뜨려도 당당히 대처할 수 있게 되었다. 이것이 현재 나의 자산이다.

가끔 나와 함께 일하는 동료들은 내가 내성적인 성격이라고 하면 믿지 않는다. 그렇게 보이지 않는다고 한다. 그만큼 내가 변했나 보다. 경찰 경력이 쌓인 만큼, 나의 내면도 단단하고 튼튼해졌다.

요즘 들어, 정신이상자들에 대한 신고가 부쩍 늘었다. 내가 본 그들은 공황장애가 있거나, 우울증, 조울증, 피해망상, 의처증 등 다양한 증세들이 있었다. 문제는 이들로 인해 주변 가족까지 고통받는다는 것이다.

지구대에서 공황장애를 앓고 있는 20대 초반의 여성을 만난 적이 있다. 그녀는 툭하면 손목을 칼로 긋는 상습 자해 시도자였다. 신고된 그날도 손목에 자해했었다. 나는 119구급대원과 함께 그녀의 집으로 출동했다. 다행히 상처가 깊지 않아 생명에 지장은 없었다. 구급대원은 피가 나는 그녀의 손목을 지혈하고, 가족과 함께 그녀를 병원에 데려가기로 했다.

다 같이 그 여성의 집 밖으로 걸어 나왔다. 그런데 정작 당사자인 그녀만 현관문 앞에서 나오질 않는 것이었다. 나는 어서 나오라며 손짓도 해보고 이름도 불러보았다. 그녀는 내 말이 들리는 것인지, 모른 척하는 것인지 그 자리에 그대로 서 있었다. 그러곤 갑자기 얼어붙은 듯 움직이지 못하더니 눈에서 눈물을 뚝뚝 떨어뜨리며 엉엉 우는 것이었다.

나는 내가 그녀를 울린 것인가 싶은 마음에 당황했다. 나중에서야 가족에게 그녀가 10년 넘도록 공황장애를 앓고 있다는 속사정을 듣게 되었다. 그녀는 밖에 나가면 이런 발작 증세를 보인다고 한다. 정신적인 자존감 문제가 심한 공황장애로 이어지게 된 것이다. 가족들도 그 여성을 진정시키지 못했다. 그렇다고 다시 혼자 집에 둘 수도 없는 노릇이었다. 결국, 구급대원이 들것을 가져와 그녀를 눕혔다. 그러곤 구급차에 태워 병원으로 후송했다.

이 여성처럼 마음의 병이 심해지면, 모든 게 망가진다. 무엇보다 이런 정신적인 문제는 회복하는 게 너무도 어렵다.

이 여성과 반대로 자존감을 극복한 여성이 있다. 그 주인공은 나와 같이 근무하는 후배로, 이제 6개월 된 신임 순경이다. 신임 순경은 시보 기간, 선배 경찰관 1명이 멘토가 되어 도움을 준다. 내가 그녀의 멘토다. 그 후배는 짧은 커트 머리에 제복 입은 모습이 매우 멋지다. 신고 현장에 도착해서 순찰차에서 내릴 때면 당차 보이고 강인함마저 느껴진다. 신임 순경답지 않게, 순찰차 운전도 능숙하고, 서류 작업도 꼼꼼하게 처리한다. 성격도 좋아서 나를 비롯한 직원 모두가 그녀를 아끼고 좋아한다.

나는 멘토이다 보니, 후배와 자주 대화를 했다. 그런데 알고 보니, 그녀도 나처럼 내성적인 성격이라는 것이다. 더욱 놀라운 것은 그녀가 학창 시절 학교폭력의 피해자였다는 것이다. 등교하면 책상과 의자에는 항상 신발 자국과 흙이 묻어 있었다고 한다. 등교 전에 미리 책상과 의자를 발로 밟거나 흙을 뿌려놓는 것이다. 머리채를 잡아당기는 장난은 그저 일상이었다. 심지어 쉬는 시간이면 80kg의 거구를 업고 화장실까지 매일같이 데려다줘야 했다.

후배는 심한 괴롭힘을 견딜 수 없어 전학을 선택하고 사는 곳까지 옮겼다고 한다. 전학 준비를 마쳤을 때, 그녀는 생각을 바꾸기로 했다. 결국 다니던 학교에 남기로 하고 전에 살던 곳으로 다시 이사했다고 한다. 그 후, 그녀는 다니던 학교를 무사히 졸업했다.

왜 전학을 가지 않았는지 물어보니 그녀는 이렇게 답했다.

"막상 전학을 가려고 보니, 억울했어요. 내가 왜 전학을 가야 하는지, 왜 피해야 하는지, 나 때문에 속상해하시는 부모님도 보기가 힘들었어요. 그래서 이겨내보려고 한 거죠."

그 후배는 어릴 때부터 경찰이 되고 싶었다고 한다. 특히 학교폭력을 겪으며, 더욱 경찰의 꿈을 키워나갔다고 한다. 경찰이 되어 학교폭력 피해 학생을 도와주며 살고 싶다고 한다.

후배의 경험에 비춰볼 때, 불행한 상황을 피하는 것만이 정답은 아닌 것 같다. 후배는 만약 자신이 전학 갔었다면 후회했을 거라고 한다. 피하지 않고 부딪치고 견디면서 결국 극복했으니 말이다. 이런 극한 상황이 후배가 경찰이 되도록 강한 동기를 준 것이 아닐까 생각한다.

최근 그녀는 우연히 자신을 괴롭혔던 가해자를 보게 되었는데, 가해자는 그다지 좋은 모습이 아니었다고 한다. 보통 사람이라면 지금의 가해자를 보고 비웃었을지 모르겠다. 하지만 그녀는 비웃지 않았다. 이제는 아무런 감정도 없다고 한다. 이미 가해자는 후배의 안중에도 없었다. 그만큼 자존감이 높아진 것이다.

후배의 어린 시절 이야기를 들은 나는 깊은 감명을 받았다. 그리고 참 잘 자랐다고 하며 칭찬을 아끼지 않았다.

사람의 성격은 정말 바꾸기 어렵다. 내가 보았던 절도범을 봐도 그렇다. 그들의 수법은 변하지 않는다. 드라이버 침입 절도 범인은 출소 후에도 같은 수법으로 범행한다. 소매치기범은 출소 후에도 소매치기를 한다. 금은방 절도범은 또 금은방에서 절도 범행한다.

나 역시 변하기 어렵다. 남들은 변했다고 하지만 내 안에 부정적인 생각이 찾아올 때가 있다. 그럴 때 나는 스스로 이렇게 말하곤 한다.

"가장 큰 버팀목은 나 자신이다. 나는 존재 자체로 완벽한 사람이다. 다른 사람과 비교해서는 안 된다."

진정한 제복의 가치를 깨닫게 되었다

'경찰 제복' 하면 어떤 모습이 떠오르는가? 경찰에 입직하기 전, 나는 경찰 제복 하면 한국과 미국 경찰의 모습이 동시에 떠올랐다. 한국 경찰은 주취 폭력에 시달리고 능력 없어 보이는 모습이었다. 반면, 미국 경찰은 총을 사용하더라도 강력하게 법 집행하는 모습이 떠올랐다. 한편으로는 순찰차 안에서 핫도그를 먹는 한심하고 뚱뚱한 미국 경찰이 떠오르기도 한다.

이것은 나의 경험보다는 영화, TV 방송과 같은 미디어의 왜곡된 내용 때문이다. 나는 경찰에 입직한 뒤, 진짜 제복의 가치가 무엇인지 다시 생각하게 되었다.

경찰생활을 하며 나에게도 아찔한 순간이 있었다. 지구대에서 1년차 후배 순경과 야간 근무를 할 때였다. 술에 만취한 여성이 남편을 죽이고 싶다며 신고했다. 출동하면서 녹취된 음성을 들어보니 신고자는 만취 상태였다. 그리고 주변에는 소음이 없는 것을 볼 때 위험한 상황은 아니라고 생각했다. 지령실에서도 주의하라는 무전은 없었다.

신고자의 집 현관문 앞에 도착했다. 먼저 현관문에 귀를 대보니, 안에서 말다툼 소리가 들려왔다. 나는 앞장서 문을 두드렸고, 후배는 내 뒤에서 가슴에 부착한 바디캠 전원을 켜고 대기했다.

현관문이 열리고 50대 여성이 비틀거리며 나왔다. 거나하게 취했는데 알고 보니 남편을 죽이고 싶다던 신고자였다. 그녀는 남편 때문에 화가 났다고 했다. 나는 집 안을 살펴보았다. 거실 소파에 남편이 속옷 차림으로 앉아 있고, 흉기나 위험한 물건은 없었다. 나와 후배는 안심하고 두 사람의 인적 사항을 확인하기로 했다. 그런 뒤에 그들의 이야기를 마저 들어보자고 했다.

바로 그때였다. 신고자인 여성이 소파 밑에서 식칼을 꺼내 들었다. 작은 과도가 아닌 주방용 식칼이었다. 무엇보다 양손에 각각 하나씩 칼을 들고 있었다. 한마디로 쌍칼을 들고 있던 셈이었다. 비록 여성이지만, 상당히 위협적이었다.

그녀는 "씩! 씩!" 가쁘게 숨을 내쉬고는 귀신같은 눈으로 남편을 노려보고 있었다. 소파에 앉아 있는 남편이 위험했다. 나는 바로 가서 제압하고 싶었지만, 이미 칼을 든 그녀가 남편 앞에 떡하니 서 있어 쉽지 않았다. 그 여성은 칼을 허공에 마구 휘두르며 소리를 질렀다. 처음에는 남편을 향해 욕설을 퍼붓고는 나를 향해 고함을 쳤다. 나는 선불리 달려

들면 남편이 다칠 수 있어 가능하면 그 여성을 안정시키려고 노력했다.

하지만 흥분한 여성에게 나의 말은 들리지 않았다. 오히려 칼을 들어 남편의 머리와 얼굴 부분을 향해 찌르려고 했다. 나는 순간 "어! 어! 안 돼요!"라고 소리쳤다. 그러자 이번에는 칼을 자신의 배를 찌르려고 자해를 시도했다. 그때 그녀와 나의 거리는 소파 한 칸 정도로 약 1m가 채 되지 않았다. 무엇보다 나는 방검 조끼는 물론이고 방검 장갑도 없었다. 그냥 맨손이었다. 나를 보호할 장구가 없었던 것이다. 하지만 어떻게든 제압해야 하는 상황이었다.

나는 그녀를 체포해야겠다고 생각했다. 후배에게 이야기할 여유도 없을 만큼 촉박했다. 다시 그 여성이 남편의 머리를 찌르려고 칼을 위로 올린 순간이었다. 무슨 용기였는지, 나는 소파를 밟고 그녀를 향해 넘어갔다. 그러곤 칼을 든 팔을 붙잡고 꺾어버렸다. 그런 다음 그녀의 팔을 소파를 향해 내리쳤다. 그제야 칼을 잡은 손에 힘이 풀렸는지 쉽게 칼을 빼앗을 수 있었다. 나는 빼앗은 칼을 주방으로 던져버렸다. 하지만 이게 끝이 아니었다. 문제는 다른 한 손에 칼이 또 있다는 것이었다.

'남은 한 손에 있는 칼은 어떻게 하지?'

머릿속에서 이런저런 생각들이 스쳐 지나갔다. 그때 그 여성이 소파를 향해 앞으로 넘어졌다. 나는 무슨 일인가 싶었다. 알고 보니, 후배가 그녀의 다른 한 손을 잡고 나와 함께 제압한 것이었다. 우리는 그 여성의 손에서 남은 칼을 빼앗고는 체포했다.

체포한 후 후배의 바디캠에 촬영된 영상을 보았다. 내가 그 여성을 향해 달려가는 순간, 후배도 그녀의 반대편으로 달려가 함께 제압했다. 나는 그녀의 왼쪽, 후배는 오른쪽으로 갔던 것이었다.

후배가 참 대견했다. 서로 말도 맞추지 못했는데 척척 알아서 해주는 모습에 감탄이 절로 나왔다. 만약 후배가 겁을 먹어 함께 제압하지 않았다면 나는 어떻게 되었을까? 좋은 후배가 있어 다행이라고 생각했다.

내가 지구대에서 다시 근무하게 된 2년 전부터 자주 보았던 상습 주취자가 있었다. 그는 60대 남성인데 겉모습은 80대만큼 나이 들어 보였다. 일정한 직업도 없어 폐지를 주우며 생계를 유지했다.

그는 기초생활 수급자로, 지자체로부터 매달 수급비용을 받는다. 문제는 그가 수급비용을 생활비보다 술을 마시는 데 쓴다는 것이었다. 차라리 술만 마시면 괜찮았다. 취하기만 하면 항상 주변 상인들에게 행패를 부렸다. 만취 상태일 때면 대소변도 가리지 못해 바지에 그냥 보기도 한다. 그에 대한 신고를 받고 나갈 때면 직원 모두 인상을 찌푸렸다. 몸에서 심한 악취가 풍겼으니 말이다.

그런 그가 월세를 내지 못해 집에서도 쫓겨나 노숙을 시작했다. 그래도 여름은 길에서 보낼 수 있었다. 하지만 날이 점점 추워지자 더는 있을 곳이 없어졌다. 나는 그에게 노숙인들이 지내는 쉼터나 보호시설로 가자고 여러 번 권유했다. 그러나 그는 거절했다. 거절한 이유가 아주 기가 막힌다. 입소하면 술을 마시지 못하기 때문이란다. 보호시설에 들어가면 기초생활 수급비도 끊기기 때문이란다. 나는 그가 한겨울에 길에서 잘못될까 봐 걱정이 이만저만이 아니었다.

그러던 어느 날이었다. 관내 한 요양원에서 근무하는 여성 요양보호사가 지구대로 찾아왔다. 그러곤 나에게 부탁했다. 그 남성을 요양원으로 데려가고 싶으니 도와달라고 했다. 겨울인데 길에서 얼어 죽으면 어떻게 하냐며 간청까지 했다. 나는 좋은 방법이 있는지 물었다. 그러자 구청과 보건소에 신청하면 심사를 통해 병원 지원이 가능하다고 했다. 요양원에 가고 싶은지 그 남성에게도 묻자, 노숙생활이 더는 버티기 힘들었는지 가고 싶다고 했다.

나는 절차를 확인하기 위해 요양원과 구청에 전화했다. 심사까지 약 한 달 정도 걸렸다. 중간에 노숙자 보호시설에서 지낼 수 있게 그 남성을 보호시설로 데려다주기도 했다. 우리의 노력으로 결국 그 남성은 요양원 비용을 지원받게 되었다.

어느 날, 요양보호사가 지구대로 찾아와 그 남성의 소식을 들려줬다. 지금은 요양원에서 건강을 회복하고 있다고 한다. 술도 마시지 않아 혈색도 매우 좋아졌다고 한다. 최근에는 음악치료를 하며 춤도 배운다는 것이다. 그가 춤추는 것을 상상하니 웃음이 나왔다. 만약 그 남성이 지금까지 노숙했다면 한겨울에 이미 사망했을지도 모른다.

"경찰관님이 신경 써주셔서 그분 건강도 회복하고 너무 잘 지내고 있어요. 감사해요."

그녀는 나에게 고맙다는 인사를 하고 싶어 찾아왔다고 했다. 그러고는 나에게 몇 번이고 고맙다는 말을 아끼지 않았다. 나는 경찰관으로서 보람을 느꼈다. 나의 작은 관심이 누군가에게는 큰 도움이 된다는 것을 새삼 느낄 수 있었다.

내가 생각하는 제복의 가치는 두 가지가 있다. 위급한 상황에서 피하지 않고 용감하게 나설 수 있는 사명감 있는 모습의 경찰관이다.

그리고 다른 한편으로는 따뜻한 관심이 필요한 사람에게는 부드럽게 처신할 줄 아는 모습의 경찰관이다. 범죄자에게는 공의로운 법 집행을, 사회 약자에게는 친절과 관심을. 나는 경찰 제복이 이런 이중적인 의미를 주고 있다고 생각한다. 그리고 이런 모습이 진정한 경찰의 가치를 높일 수 있는 것이라 확신한다.

경찰 제복에 대한 프랑스 경시청 포고령을 소개하겠다.

"제복의 목적은 도움이 필요한 곳에 언제든지 경찰이 있다는 사실을 알리고, 동시에 경찰이 사람들의 눈을 피해 군중 속으로 사라지는 게 아니라, 앞장서서 질서를 회복하도록 도와주기 위한 것이다."

5장

오늘도 출근하는 김 순경에게

경찰, 그럼에도 한번 해볼 만한 직업

2022년 10월 29일, 서울 이태원에서 비극적인 일이 발생했다. 실로 대참사였다. 이태원클럽 골목을 빠져나오려던 많은 사람이 사망하는 일이 일어난 것이다. 사망자와 부상자를 포함해 200명이 넘는 사상자가 발생했다. 21세기 대한민국에서 일어난 너무도 어이없는 사건이었다.

언론에서는 너도나도 이 비극적인 사고에 대해 보도하기 시작했다. 정부는 책임소재를 파악하라는 강력한 지시까지 내렸다. 나는 이 기사를 보며 가슴이 너무 아팠다. 그리고 '만일 이 참사가 내가 일하는 경찰서 관내에서 발생했다면 과연 나와 우리 경찰서 직원은 그 책임을 피할 수 있었을까?' 하는 생각이 들었다.

이 사건에 대해 "한심한 경찰, 무능한 경찰, 경찰이 그들을 죽인 것이다"라며 온갖 부정적인 보도가 있었다. 이 참사 이후 나는 술집 행패 소란 신고를 받고 출동한 적이 있다. 그때 가해자조차 나에게 이런 말을 했다.

"너희 경찰들이 이태원에서 사람들 다 죽였잖아. 일도 못하면서 나한테 이래도 되는 거야?"

이태원 참사는 가슴 아픈 일이 맞다. 하지만 가해자의 행동과 이태원 사고가 무슨 관계가 있는가. 나는 그의 말을 무시하고 단호하게 그를 처리했다.

그 비극적인 참사 속에서 구조된 사람들이 있다는 사실을 알고 있는가? 경찰관이 시민들을 향해 소리 지르며 구조 활동을 펼친 모습을 기억하는가? 아무도 그의 말을 듣지 않아도 계속해서 시민들을 향해 소리 질렀던 모습 말이다. 당시 그의 애타는 마음이 지금도 내 가슴에 느껴진다.

경찰을 향한 온갖 부정적인 기사와 평가가 남발하고 있지만, 나는 긍정에 집중한다. 생명을 구하고 따뜻한 일들이 있었던 모습 말이다. 나 역시 경찰관으로 좋지 않은 일이 많았지만, 그래도 지금은 보람을 느끼고 있다.

내가 일하는 지구대 주변에는 빌라와 원룸이 많다. 이런 곳은 범죄 취약 지역이기도 하다. 어느 날, 한 제보를 받았다. 한 남성이 원룸 문 앞에 서성거리며 문 앞에 귀를 대고 소리를 엿듣고 있다는 것이다. 나는 CCTV를 확인해보았다. 정말 한 남성이 그 층에 있는 원룸 집 현관문마다 귀를 대고 엿듣고 있었다. 남자인 내가 봐도 소름 끼칠 정도였다. 여자라면 얼마나 무서웠을까 하는 생각이 들었다.

나는 이 사건을 접수해서 형사팀에 인계했다. 하지만 이 남성의 행위가 여기서 그칠 것 같지 않았다. 당장 조치가 필요하다고 생각했다. 지금은 엿듣는 정도지만 성범죄로 발전하면 더 큰 피해가 발생할 수 있기 때문이다.

원룸 임대인의 협조를 받아 CCTV 영상을 실시간으로 확인했다. 근무가 아닌 날도 핸드폰으로 CCTV를 확인했다. 이전 기록까지 샅샅이 분석했다. 나는 놀라움을 금치 못했다. 그 남성은 1개월 동안 매일같이 그곳을 찾아와 엿들은 것이었다. 그것도 모두 자는 새벽 시간에 말이다. 나는 그의 동선을 추적해봤다. 운 좋게도 그가 사는 집을 확인할 수 있었다. 집 세대원 인적 사항을 확인하고 운전면허 사진과 CCTV 영상 얼굴을 대조해보니, 같은 사람이었다. 바로 이 사람이 범인이었다!

나는 범인의 집으로 찾아갔다. 마침 집 안에 사람이 있었다. 그는 제복 입은 경찰이 찾아오자, 놀란 표정을 지었다. 나는 그에게 "내가 당신 왜 찾아온 줄 알아요?"라고 물었다. 그러자 그는 모르겠다며 발뺌했다. 역시 이런 유의 사람들은 항상 자신의 범행을 부인한다. 나는 다시 말했다. "왜 남의 집에 찾아가 문 앞에 귀를 대고 엿들은 것인가요?" 순간 그는 머뭇거렸다. 그러곤 소음이 들려서 갔던 거라고 했다.

소음이 심하면 경찰에 신고했어야지, 매일같이 엿듣는 게 상식적인 행동이라는 것인가. 그는 터무니없는 변명을 경상도 사투리로 쏟아냈다.

하지만 나는 이미 CCTV에서 그가 30번 넘도록 범행하는 것을 확보했다. 내게는 그를 상대할 총알이 가득하다 못해 넘쳐흘렀다. 나의 추궁 끝에 그는 자신의 범행을 인정했다. 이 사건은 비교적 조기에 검거되어 다행히 성범죄까지 발전되지 않았다. 하지만 만일 늦었다면 더 큰 사건이 일어날 수 있었다. 이 사건은 언론에도 공개되었다. 나중에야 알았지만, 이와 유사한 일들이 꽤 많이 발생하고 있었다.

나는 지금 지구대에서 근무하지만, 관내에 발생한 사건에 관심을 기울인다. 그리고 지구대에서 해결할 수 있다는 판단이 서면, 즉시 행동해서 검거하거나 피해자 보호조치에 노력하는 편이다.

이 사건이 발생되고 1년이 넘었을 무렵, 후배와 함께 어김없이 야간에 근무하고 있었다. 들개가 사람들을 위협한다는 신고를 받고 소방관들과 함께 들개를 찾고 있었다. 이미 야산으로 도망간 것인지 보이지 않았다. 야산 쪽에서 개가 짖는 소리만 들릴 뿐이었다. 다친 사람은 없어서 지구대로 복귀하려고 할 때였다.

한 여성이 나를 알아보고 인사를 했다. 내가 경찰을 하며 만나는 사람이 한둘이 아니다 보니, 나는 그녀가 누군지 몰랐다. 더구나 마스크까지 쓰고 있어 알아보기 힘들었다. 그녀가 나에게 말했다.

"작년에 원룸에서 몰래 엿듣던 남자 잡아주신 경찰관 아니세요? 그때는 너무 감사했어요."

그제야 기억이 났다! 너무 반가워서 잘 지내고 있는지, 요즘에는 어려움이 없는지 근황을 물었다. 그녀는 무서워서 이사를 했다고 한다. 하지만 큰 충격은 받지 않았다고 했다. 나는 다행이라고 생각했다. 그녀는 다시 한번 내게 감사하다는 말을 남기고 집으로 들어갔다. 경찰관으로서 당연히 한 나의 행동이 피해자에게는 오랜 시간이 지나도 좋은 기억으로 남아서 뿌듯한 마음이 들었다.

이래도 경찰이 단점만 가득한 조직이라고 생각되는가? 언론에서 말하는 경찰이 전부라고 생각하는가? 생각보다 우리 주변에서 좋은 일, 당연한 일을 하는 경찰관들이 많다.

부정이 아닌 긍정에 집중해보는 것은 어떨까? 내 마음을 긍정으로 다스린다면 경찰이라는 직업은 한번 해볼 만하다고 생각한다. 생각보다 장점이 많고 보람된 직업이다. 지금도 많은 청년이 경찰이 되기 위해 고군분투하고 있다.

종종 경찰이 된 후 자신이 생각했던 경찰과 달라서 힘들어하거나 조직생활의 어려움을 토로하기도 한다. 왜 힘든 일이 없겠는가. 나 역시 수없이 힘든 일을 겪었는데. 하지만 그럴 때마다 부정과 긍정은 자신의 마음가짐의 문제라고 생각한다. 내가 긍정을 택하기로 한다면 경찰의 장점에 더 집중하며 생활해야 한다. 과거의 내가 단점에 집중했다면 지금은 장점, 긍정에 집중한다.

세계적으로 유명한 성공학의 거장인 나폴레온 힐(Napoleon Hill)은 그의 저서 《놓치고 싶지 않은 나의 꿈 나의 인생》에서 이렇게 말한다.

> "긍정적인 마음가짐이 있다면 우리의 마음이 생각하고 믿는 것을 이룰 수 있다. 긍정적인 마음가짐은 자석이 쇠붙이를 끌어당기듯 좋은 결과를 끌어당긴다."

내 마음의 주인은 누구도 아닌, 나 자신이다. 부정적인 생각을 던져버리고, 긍정에 집중해보자. 우리 경찰은 어떤 부정적인 상황에서도 할 일은 하는 사람들이다. 내가 그러했고, 내가 본 동료들 대부분이 그렇게 행동한다.

승진만이 전부가 아니다

경찰에는 근속승진, 특별승진, 심사승진, 시험승진 등 네 가지 승진 제도가 있다. 근속승진은 일정 근무 연수가 지나면 자동으로 진급하는 제도다. 특별승진은 범인 검거 등 특별한 공적을 통해 승진하는 제도다. 심사승진은 매년 근무평정 상위 직원 중에서 선발을 통해 승진시키는 제도다. 시험승진은 시험 점수와 근무성적을 합해 점수로 환산해 승진시키는 제도다.

경찰은 다른 공무원 조직보다 비교적 승진의 경로가 다양하고, 능력 있는 직원들은 빠르게 승진하기도 한다.

나의 경찰생활은 돌이켜 보면 승진과는 거리가 멀었다. 지금까지 승진에 계속 실패해왔기 때문이다. 그렇다고 경찰생활에서 만족하지 않는다는 것은 아니다. 승진 말고도 경찰에는 많은 장점과 보람이 있기 때문이다. 승진이라는 것은 결국 피라미드 구조라고 생각한다. 우리끼리 경쟁하기 때문이다. 누군가 승진하면 누군가는 떨어지기 마련이다.

매년 연말이 되면 시험 보는 직원들은 다음 해 1월에 치를 승진시험 준비로 바쁘다. 시험을 보고 합격 발표가 있을 때면, 다들 만감이 교차한다. 합격자들은 기쁨의 환호를, 탈락자들은 패배감을 느낀다. 어떤 탈락자들은 자존심에 깊이 상처받기도 한다.

가끔 승진에 떨어진 사람을 보면, 이해되지 않을 때도 있다. 누가 봐도 진급해야 할 사람인데 되지 않았기 때문이다. 이렇듯 경찰은 일만 잘한다고 모두 승진하는 것은 아니다. 그만큼 경찰승진은 쉽지 않다. 내가 본 어떤 사람은 열심히 근무했지만, 승진에 실패한다. 또 어떤 사람은 공부하기 좋은 보직을 찾아다니며 공부해서 시험승진한다. 이런 모습에서 착잡한 마음을 느끼는 직원들이 많다. 그렇다고 어느 누가 잘못되었다는 것이 아니다. 경찰은 근무할 수 있는 다양한 부서가 있기에 모든 것은 본인의 선택이기 때문이다.

경찰승진 경로는 타 공무원 조직에 비해 다양하다. 어쩌면 다른 조직보다 더 공평하다고 볼 수 있다. 승진할 수 있는 경로가 상대적으로 다양하니까 말이다. 그럼 우리 승진제도가 정말 공평할까? 반드시 그런 것은 아니라고 본다. 모든 제도에 장단점이 존재하듯이 경찰승진제도 역시 불공평한 부분은 있다.

승진시험을 예로 들어보겠다. 승진시험은 시험만 잘 봐야 하는 것은 아니다. 일정 비율은 고과 평가 점수가 들어간다. 고과 점수에는 사격, 체력 측정처럼 본인 능력에 달린 점수가 있고, 이에 대한 객관적 평가가 이루어진다.

반면, 지휘관 평가 점수가 있다. 이 평가는 주관적인 것으로, 지휘관이 부하 직원에게 등급을 나누는 것이다. 좋은 점수를 받은 사람과 아닌 사람은 점수 차이가 상당히 벌어지기도 한다. 어떤 경우, 시험 점수가 좋아도 고과 평가가 낮아 승진시험에 탈락하는 직원을 많이 보았다.

그렇다면 이 지휘관 점수는 객관적 데이터에 의해 주는 것인가? 물론 현명한 지휘관이라면 직원의 실적이나 업무 태도 등 전반적인 것을 참작해서 최대한 객관적으로 평가한다. 하지만 그렇지 않은 경우가 있다. 누구를 어떻게 평가했는지가 외부로 공개되지 않기 때문이다. 운이 나쁘거나 지휘관 마음에 들지 못해서 나쁜 점수를 받는 경우가 가끔 있다. 어떤 경우 능력 없는 직원이 좋은 고과 점수를 받는 것을 본 적도 있었다.

경찰은 승진하려면 일도 잘하고, 조직생활도 잘해야 한다. 그래서 승진이 쉬운 일이 아니라는 것이다. 이런 이유로 나는 승진제도가 경찰끼리의 경쟁을 조장하기도 한다고 생각한다.

승진하면서 승승장구하는 사람도 있다. 반면, 그렇지 못한 사람도 있다. 어떤 사람은 어렵게 승진했지만, 가정불화가 심하다. 가정을 지키지 못했는데 승진하면 무슨 소용이 있을까. 어떤 사람은 특진했지만, 건강이 좋지 않다. 건강이 나쁘면 승진이 무슨 소용이겠는가.

또 어떤 직원은 매년 승진시험에 떨어진다. 그래도 포기하지 않고 불굴의 정신으로 다시 도전한다. 문제는 일 년 내내 아무것도 못하고 도서관, 독서실만 다니고 있다는 것이다. 그것도 몇 년이라는 긴 시간을 말이다. 이런 모습을 보면 승진이라는 제도가 모두를 행복하게 하는 것은 아닌 것 같다.

나는 사이버팀에 근무하면서 경사 승진시험을 준비한 적이 있었다. 사이버팀은 수사과 안에서도 바쁘기로 유명하다. 이곳은 내근직이라 평일에 매일 출근한다. 아침에 출근해서 저녁에 퇴근한다.

나는 퇴근하고 24시간 개방하는 스터디카페로 가서 공부했다. 보통 새벽 3시, 4시가 되어 집에 들어갔다. 집에 가면 아이와 아내가 자는 모습만 봤다. 가정은 물론, 나 자신조차 돌볼 여유가 없었다. 이 시험에 낙방하고 나서야, 가정의 소중함을 깨달았다. 시험을 준비하며 연말에 가족과 어디 한번 놀러 가지를 못했다. 더구나 아내도 직장생활을 하고 있어 두 사람이 시간을 맞추기는 더욱 어려웠다. 차라리 합격했다면 좋았겠지만, 떨어졌기에 너무 미안했었다.

그렇다고 누구나 승진에 열을 올리는 것은 아니다. 승진에 크게 신경 쓰지 않고 행복하게 사는 경찰들도 있다. 그런 이들이 근무 또한 열심히 하는 것을 보았다. 그들은 승진을 바라지 않아도 경찰관으로서 자기가 해야 할 일을 누구보다 완벽하게 했다.

나와 함께 강력팀에서 근무했던 선배가 있다. 그는 약 6년 전부터 캠핑에 관심을 기울였다. 텐트를 시작으로 캠핑 장비가 점점 늘어났다. 그것으로도 부족했는지, 고가의 트레일러까지 구매했다. 그는 이왕 하는 취미생활, 제대로 해보고 싶다고 했다.

최근에는 자동차도 캠핑용 SUV로 바꿨다. 참으로 멋진 모습 아닌가? 그는 가끔 쉬는 날이면 홀로 캠핑한다. 자연 속에서 명상하고, 자신만의 시간을 가지며 재충전한다.

또한, 나와 지구대에서 근무했던 후배 경찰이 있다. 그는 어린 시절부터 수영을 배웠다. 운동을 좋아했던 그는 경찰이 되고 나서는 크로스핏, 철인 3종경기 등에 참여하고, 최근에는 자전거로 전국을 일주하기까지 했다. 그는 만능 스포츠맨이다. 운동해서 그런지, 그는 매사에 긍정적이다. 승진 대신 선택한 취미생활이 그를 건강하게 하고, 일도 더욱 능률적으로 하게 만든다.

이처럼 자신의 취미나 가정, 또는 나에게 소중하거나 특별한 삶에 집중하는 것도 좋다고 생각한다. 우리 경찰은 사명감이 필요한 직업이다. 사명감이라는 말이 쑥스럽고 낯간지럽게 느껴질 수 있지만, 실제로 제대로 근무하는 경찰은 모두 사명감이 있다. 이런 사명감도 나와 가정이 행복하지 못하다면 갖추기 어렵지 않을까. 결국, 내가 먼저 행복해야 모두 감당할 수 있다고 생각한다.

승진은 조직생활에서 정말 중요하다. 하지만 승진이 인생의 전부인 것처럼 집중하는 것은 분명히 잘못되었다고 생각한다. 나는 후배들에게 승진공부를 적극적으로 권장하고 있다. 승진과목은 우리 경찰 실무에 필요한 내용이 많아 업무에 큰 도움이 되기 때문이다. 승진도 하고 실무에도 도움이 된다면 마다할 필요가 없다. 두 마리 토끼를 잡을 수 있으니 너무 멋진 일이라 생각한다.

다만, 내 삶과 가정처럼 소중한 것을 망치면서까지 승진에만 집중하는 것은 잘못되었다는 것이다. 누군가는 나에게 승진하지 못한 사람의 변명이라고 말할 수도 있겠다. 하지만 내가 승진에 여러 번 실패했다고, 앞으로의 내 경찰생활이 실패한 것은 아니다. 나는 경찰생활을 누구보다 보람차게 보내고 있다. 그리고 나의 할 일을 충분히 해내고 있다. 나는 지금도 충분히 행복한 경찰관이다.

모든 사람과 잘 지내는 것은 불가능하다

조직생활을 하다 보면, 힘든 일이 참 많기 마련이다. 사람마다 다르겠지만, 그중에도 빼놓을 수 없는 게 있다. 바로 인간관계다. 누구나 인간관계 문제를 피할 수 없다. 나 역시 타고난 내성적인 성격 때문에 이 문제로 많이도 고생했다.

지금의 나를 보는 동료들은 내가 활발하고 외향적이며 성격이 좋다고 말한다. 하지만 사실 나는 그들이 말한 것과 정반대의 성격이다. 나는 사람들이 나에 대해 하는 말을 깊게 신경 쓴다. 때로는 그들의 말에 쉽게 상처받기도 한다. 좀 더 쿨한 성격이 되자고 노력하지만, 타고난 성격을 바꾸기란 쉽지 않다.

나는 나와 성격이 맞지 않거나, 잘 통하지 않는 사람과 대화하면 쉽게 지친다. 특히 주취자를 상대할 때면 더욱 그렇다. 기가 빨리는 느낌이다. 또한, 마음 맞지 않는 동료와 종일 순찰차에 타고 있으면 피곤해진다. 나도 모르게 그 사람을 신경 쓰고 눈치도 보게 된다. 그래서인지 모두와 잘 지내는 사람을 보면 부러울 때가 참 많다. 나에게 없는 장점을 가져서인가? 나는 항상 그런 성격이 되고 싶었다. 그리고 그 생각은 지금도 마찬가지다.

경찰은 짧으면 6개월, 보통은 1년 단위로 인사이동을 한다. 아무리 절친했던 팀원이라도 1년이나 2년을 넘으면 헤어지기 마련이다. 같은 부서로 돌아오지 않는 이상, 그들과 다시 근무하는 경우는 드물다. 경찰만큼 잦은 인사이동을 하는 조직도 없을 것 같다. 이렇게 함께 근무하며 거쳐간 사람들 모두와 잘 지내는 것이 가능할까?

내 경험에 비춰보면 쉽지 않았다. 함께 일하는 사람 중에도 친한 사람이 있다면, 그 반대의 사람도 있기 때문이다. 헤어진 사람들 모두와 자주 연락할 수도 없다. 내가 지금도 연락하는 사람은 나에게 소중한 사람들뿐이다. 무엇보다 그들은 내가 만났던 사람 중에 소수에 불과하다.

2017년 가을, 우리 가족에게 가슴 아픈 일이 있었다. 너무 큰 슬픔을 안겨준 사건이었다. 내 아내의 오빠, 나에게는 손위처남이었던 형님에게 큰 병이 생긴 것이다. 몇 날 며칠을 집에서 누워만 있다가 심지어 몸을 가누지 못할 지경에 이르렀다. 식사는 물론, 물도 마시지 못할 정도였다. 나중에는 구토까지 하고 말도 하지 못하게 되었다. 형님은 나보다 여섯 살 많았다. 남동생이 없어서인지, 유난히 나를 아끼고 챙겨주었다. 나는 형님이 우울증과 같은 마음의 병이 있는 줄 알았다. 형님이 오랜 시간 동안 아프면서 가족에게는 알리지 않았기 때문이다. 눈으로 보이는 병도 아니어서 우리 가족은 그가 아팠는지 알지 못했다.

내가 강력팀에서 당직 근무하고 있을 때였다. 밤 10시쯤, 아내에게 전화가 왔는데, 형님이 위독한 상태라고 했다. 내가 근무하고 있으니 아내가 형님에게 간다고 했다. 나는 깜짝 놀랐다. 무슨 말도 안 되는 소리인가 했다. 그래서 장모님께 전화해봤다. 그러자 형님은 몸을 움직이지도 못할 정도로 심각한 상태라고 하셨다. 급한 마음에 119에 먼저 신고했다. 아내에게는 집에 가서 어떤 상황인지 알려달라고 말하고 소식을 기다리기로 했다.

내가 초조해하는 것을 본 것인지, 통화하는 소리를 들은 것인지, 옆에 있던 선배 형사는 아내를 보내지 말라며 나를 극구 만류했다. 사실 아내는 임신 중이었다. 배 속 태아 상태도 좋지 않아서 나도 걱정되긴 했다. 그는 임신한 아내를 이 밤중에 어딜 보내냐고 했다. 나는 어떻게 해야 하는지 도통 방법을 찾지 못해 안절부절못했다. 그러자 선배는 “재형아, 우리가 가보자. 20분 정도면 갈 수 있을 거야”라고 하셨다.

나는 고맙다는 말을 할 겨를도 없이, 선배와 함께 형사기동대 차를 타고 형님에게로 갔다. 집에 가보니, 때마침 구급대원도 도착했다. 우리는 그들과 함께 집에 들어가 형님을 살폈다. 그는 침대에 누운 채로 몸을 움직이지 못했다. 눈도 풀린 상태였다. 그래도 말은 알아들었는지 병원에는 가기 싫다고 했다. 나는 억지로 형님의 고집을 꺾고 구급차에 태워 병원에 후송했다. 응급실 당직 의사는 형님에 대해 정확한 진단을 내리지 못했다. 하루 정도 지켜보자고만 했다. 그래도 병원에 왔으니 안심되었다. 나는 선배와 함께 다시 경찰서로 돌아왔다.

다음 날 근무를 마치고 피곤해서 비몽사몽 상태로 있었다. 그때 장모님께 전화가 왔다. 형님이 어제보다 더 위독한 상태라고 하셨다. 병원에서도 치료되지 않아 큰 병원으로 옮겨야 한다고 하셨다. 형님의 뇌에 이상이 생겼다는 것이었다. 그렇게 형님은 부천에 있는 대학병원으로 다시 후송되었다. 내가 병원에 갔을 때는 이미 중환자실에 들어가 생사를 넘나들고 있었다.

나는 의사를 만나보았다. 그러곤 충격적인 말을 듣게 되었다. 형님의 뇌에 종양이 가득하다는 거였다. 종양으로 뇌가 부어 숨을 쉬지 못하는 상황이라고 했다. 두개골을 열어 숨구멍을 만들지 않으면 살 수 없다고 했다. 뇌종양이라니, 우리 가족에게는 청천벽력 같은 소리였다.

그날 5시간에 걸쳐 수술이 진행되었다. 다행히도 수술은 잘 끝났다. 형님은 중환자실에서 한 달 가까이 치료받았다. 그 후, 가까스로 호전되어 개인 병실로 옮겼다. 식사도 하면서 재활 훈련도 병행했다. 나는 그제야 실낱같은 희망이 보인다고 생각했다.

하지만 암이라는 병, 그것도 말기 암을 고치는 게 아직은 쉽지 않았나 보다. 형님은 5년의 투병생활을 끝내고 최근에 하늘나라로 가셨다. 그래도 우리 가족은 5년이라도 형님을 볼 수 있어 행복했다. 형님의 장례식을 마치고 집에 오니, 나와 함께 형님에게 갔던 선배가 생각났다. 나는 그에게 전화를 걸고는 고맙다는 인사를 드렸다. 그때 가지 않았더라면, 이렇게 오래도록 형님을 보지 못했을 거라고 하면서.

이 선배는 나와 형사팀에서도 함께 근무했었다. 당시에는 팀장이었다. 그는 내가 경장 특진 준비할 때 많은 힘을 써주기도 했었다. 아쉽게도 특진에 떨어져 의기소침해 있을 때 나를 위로해주었다. 그것도 모자라 내 아내에게 전화해서 이렇게 말했다.

"재수 씨, 재형이 진급 좀 시켜보려고 많이 노력했는데, 팀장인 제가 부족했나 봐요. 잘되지 않았네요. 미안합니다. 우리 재형이 위로 좀 해주세요."

그날 집에서 아내는 눈물까지 글썽이며 선배에게 감격했다고, 좋은 사람과 근무해서 기쁘다고 말했다. 이 선배는 나에게는 정말 고마운 분이다.

나의 경찰생활을 돌이켜 보니, 나를 힘들게 했던 사람이 참 많았다. 다양한 사람들이 모인 곳이니 그럴 수 있다고 생각한다. 초임 순경 시절에는 이런 사람들로 인해 출근하기 싫을 정도로 힘들었다. 특히 순경들만 골라서 괴롭히는 선배들이 꽤 많았다. 나는 이런 사람들을 일명 '순경 킬러'라고 한다.

반면, 나에게는 좋은 사람도 많았다. 내 가족의 일에 적극적인 도움을 준 선배, 내가 증거인멸사건으로 힘들어할 때 많은 도움을 준 선배, 민원 문제를 시원하게 해결해준 팀장님, 나의 기쁜 일을 자기 일처럼 기뻐해준 동료 등 많은 사람이 내 곁에 있었다.

나에게는 이런 사람들이 소중하다. 나를 힘들게 하거나, 함께하기 싫은 사람과 업무적으로 어쩔 수 없이 함께할 수 있다. 하지만 그들과 굳이 업무 외에 깊은 관계를 만들려 하지 않는다. 그렇다고 그들과 분쟁을 일으키는 것은 아니다. 나에게 소중한 사람과 아닌 사람을 구별할 뿐이다.

어떤 직원은 자신이 경찰서와 지방청, 본청에 두루두루 아는 사람이 많다고 떠들썩하게 자랑한다. 그렇게 자신의 인맥을 화려하게 포장한다. 나는 그에게 묻고 싶다. 그 만남이 그렇게 중요한 것인지, 그곳의 사람들이 자신에게 어느 정도의 소중한 존재인지, 지금도 그들과 좋은 관계를 유지하고 있는지 말이다.

일본의 유명한 자기계발 분야의 전문가이자, 의사인 이노우에 히로유키(井上弘之)는 그의 저서 《배움을 돈으로 바꾸는 기술》에서 이렇게 조언한다.

“되도록이면 자신에게 소중한 사람, 파동이 맞는 사람과 많은 시간을 보내십시오. 그것이 진정한 의미에서 인간관계를 잘 맺는 방법입니다.”

경찰에는 다양한 성격의 사람이 많다. 찾아보면 분명 자신과 잘 맞고 소중한 사람들이 생긴다. 앞으로 더욱 많아질 것이다. 그들은 동기이거나, 때로는 후배, 선배가 될 수도 있다. 나는 이런 사람들이 진짜 인맥이라고 생각한다.

이처럼 경찰은 내 생각보다 훨씬 좋은 사람이 많은 곳이다. 우리의 시간은 무한하지 않다. 나는 한정된 시간을 감동 없는 인맥 관리보다, 소중한 사람과 함께하는 데 보내고 싶다. 소중한 사람들과 보내기에도 시간은 부족하니까 말이다.

경찰관에게도 자기계발이 필요하다

지금은 많은 사람이 자기계발에 힘쓰고 있다. 높은 연봉, 스펙 쌓기, 건강관리, 재테크 등 저마다의 이유로 자기계발을 한다. 자기계발이라 하면, 독서를 빠뜨릴 수 없다. 그만큼 많은 사람이 독서를 통해 자기계발에 힘쓴다. 시중에 나온 책과 유튜브 영상들만 봐도 독서로 삶을 변화시킨 사례를 심심치 않게 보게 된다.

어린 시절, 나는 책을 좋아했다. 사실 책을 읽는 것보다 책 자체를 좋아했다. 책에서 맡을 수 있는 특유의 향과 책 표지마다 풍기는 서로 다른 느낌의 감성이 좋았다. 그래서 읽지 않고, 책장에 책이 꽂혀 있는 것만 봐도 좋았다. 그렇다고 독서를 전혀 하지 않은 것은 아니었다. 어린 시절에는 부모님이 사준 위인전과 동화책을 시작으로 독서를 하긴 했다. 하지만 중·고등학교를 지나면서부터 책을 거의 읽지 않게 되었다. 내가 독서와 글쓰기의 필요성을 인식하기 시작한 것은 경찰이 되고 나서다.

나 역시 독서로 자기계발을 시작했다. 처음에는 《삼국지》와 같은 소설을 읽었고, 각종 재테크 서적도 읽었다. 자기계발 서적도 섭렵했다. 그런데 한 가지 문제가 있었다. 독서 자체만으로는 자기계발이 되지 않는다는 것이다. 아무리 좋은 책도 내 삶에 적용하지 않거나, 머릿속에 책 내용이 남아 있지 않다면 아무 소용 없었다.

나는 독서의 일환으로 글을 써보기로 했다. 책을 보고 나의 느낀 점을 글로 썼다. 블로그에 남겨보고, 노트에 적어보기도 했다. 그러자 독서의 한계가 글쓰기를 통해 조금은 향상되기 시작했다. 또한, 책 내용이 더 기억나게 되었다. 나의 사고력과 표현력도 더 좋아졌다.

그간 경찰생활을 하며 내가 느낀 게 있다. 경찰은 다른 어떤 직업보다 글을 많이 쓰는 직업이라는 것이다. 경찰 본연의 임무가 범죄예방과 검거, 질서유지라고 하지만, 이 모든 일 처리에는 글쓰기 방식을 원용하고 있다.

나는 지구대와 수사 부서를 거치며 근무했다. 보통 지구대에서 범인 검거나 사건을 접수할 때 적절한 법을 적용해야 한다. 그다음에는 수사 과정을 보고서 형식으로 작성한다. 수사 부서에서는 더욱 심도 있는 일을 한다. 고소인 또는 범인을 조사하며 질문과 답변을 조서에 기재한다. 조사한 수사관이 직접 작성한다. 각종 영장 신청서와 수사

보고서에도 조사한 내용을 작성한다. 이 모든 것을 글로 표현한다. 문제는 이 보고서에는 특별한 양식이 존재하지 않는다는 것이다. 그런 이유로 수사관 저마다의 필력이나 표현력에 따라 전혀 다른 의미를 내포하기도 한다.

나는 수사 부서에서 큰 규모의 사건을 여러 번 수사한 적이 있다. 사이버팀에서는 수개월 동안 인터넷 도박사이트 수사를 하며 일당을 모조리 검거했다. 그들에 대한 수사 기록만 3,000페이지가 넘었다. 강력팀에서는 상습 중고차 사기 조직을 수사했다. 그들에 대한 기록은 4,000페이지에 육박했다. 실제로 수사해본 사람은 알고 있다. 이 정도의 기록이면 어느 정도 규모의 수사였는지 말이다.

우리가 작성하는 수사 기록에는 범인의 혐의에 대한 의견을 기재한 서류와 각종 보고서, 조서 등이 포함된다. 그 기록에는 장마다 쪽수와 목차도 작성한다. 목차에는 몇 쪽에 어떤 내용이 있는지 제목까지 쓰여 있다. 한마디로, 수사 기록은 시중에 출판되는 책과 형식 면에서 큰 차이가 없는 것이다. 이 기록은 경찰을 거쳐 검찰, 법원에 가서 범인의 유죄, 무죄를 판단하는 중요한 자료가 된다. 즉, 경찰이 수사한 내용을 담은 서류로 그들의 혐의를 판단하는 것이다.

그렇다면 이 수사서류는 누가 작성할까? 지구대와 형사과, 수사과 등 경찰관 대부분이 작성한다. 결국, 뛰어난 경찰이 되려면 글쓰기 훈련이 필요하다는 것이다.

초임 순경들이 지구대에서 근무하며 겪는 어려움이 있다. 바로 수사 서류를 작성하는 것이다. 누가 봐도 그들이 처음 작성한 서류는 어색할 때가 많다. 경찰은 현장에서 보고 들은 것을 서류상에 글로 표현한다. 바로 글쓰기 방식을 원용하는 것이다. 즉, 내 머릿속에 들어 있는 지식을 글로 표현할 수 있어야 한다. 초임 순경들은 이런 훈련이 되지 않아 서류 작성이 어렵다. 경찰의 서류 작성은 머릿속에 '인풋' 된 지식을, 글쓰기로 '아웃풋' 하는 작업이다. 이 업무는 글쓰기 연습과 오랜 경험 말고는 훈련이 되지 않는다.

수사 부서에는 가끔 다른 수사관의 사건을 대신 담당하는 일이 있다. 인사발령이나 수사관 교체 신청의 경우가 그렇다. 이때 전임자가 작성한 서류를 보면 그 사람의 필력을 알게 된다. 또한, 수사관이 능력 있는지, 아닌지도 대강 알 수 있다.

전에 형사팀에서 내가 인계받은 사건이 하나 있었다. 기록을 보니, 범인에게 혐의가 인정되고도 남는 사건이었다. 하지만 전임 수사관은 혐의를 인정하겠다는 것인지, 하지 않겠다는 것인지 도통 알 수가 없었다. 결국, 나는 범인을 다시 조사하기로 했다.

범인에게 다시 출석을 통보했다. 그러자 그는 "내가 왜 다시 나가야 하죠? 이거 무죄 아닌가요?"라며 따지듯 불만을 표시했다. 하지만 내 생각은 달랐다. 나는 그를 다시 조사해서 기소 의견으로 검찰에 넘겼다. 검사와 판사도 그의 혐의를 인정했다.

우리가 작성한 서류는 한 사람의 인생을 바꿀 정도로 중요하다. 유·무죄를 판단하기 때문이다. 무엇보다 우리는 경찰관으로서 자신의 계급과 이름을 걸고 서류를 작성한다. 작성자인 내가 이 사건의 핵심이자, 책임자다. 그리고 이 서류는 검사와 판사를 설득할 만한 내용이어야 한다. 그만큼 경찰에게 수사서류 작성은 너무 중요하다.

나는 글쓰기를 시작하며, 우연히 네이버 카페 '한국책쓰기강사양성협회(이하 한책협)'를 알게 되었다. 그곳은 나와 같은 평범한 사람에게 글쓰기 훈련을 시켜 작가로 양성하는 곳이다. '한책협'의 대표코치이자, 책 쓰기 분야의 국내 최고 일타강사인 김태광 대표가 있다. 그는 독서만으로는 자기계발이 될 수 없다고 한다. 글쓰기를 하라고 한다. 특히 책을 써서 독자가 아닌 저자로서의 삶을 살아야 한다고 강조한다. 나는 책이라는 것은 삶의 큰 업적을 달성하거나, 한 분야에 정통한 사람이 쓰는 거라 생각했었다. 하지만 이는 나의 착각이었다는 것을 김태광 대표를 통해 깨달았다. 나도 책을 쓰는 작가가 될 수 있었다.

나는 10년 차 경찰관이다. 10년의 경험치는 어느 정도일까 고민도 했다. 30년 이상 해오신 선배님들에 비하면 하찮은 경력일 수 있다. 하지만 나의 과거를 돌아보니, 상당한 우여곡절이 있었다. 무엇보다 그 속에서 지금까지 대차게 버텨왔다. '이런 나의 경험을 책으로 담는다면 어떨까? 누군가에게는 큰 도움이 되지 않을까? 경찰을 사랑하는 이에게, 경찰을 꿈꾸는 이들에게, 혹은 경찰을 하며 말 못할 고민 있는 이

들에게 내 책이 도움을 주지 않을까?'

이런 이유로 나는 책을 쓰게 되었다. 아무것도 아닌 나의 경험도 누군가에게는 도움을 줄 수 있다는 생각에 말이다.

나는 책을 쓰며 자기계발의 끝을 경험했다. 경찰 업무에 도움이 되는 것은 말할 것도 없었다. 경찰은 다른 어떤 직업보다 자기계발이 필요하다. 모든 일에 능통한 경찰이길 원한다면, 독서와 글쓰기를 하길 바란다. 이런 훈련이 뛰어난 능력을 지닌 경찰관이 되도록 큰 도움을 줄 것이라고 나는 확신한다.

조금 나은 사람보다 특별한 사람이 되어라

사람이라면 누구나 특별한 삶을 꿈꾼다. 그러나 대부분 현재 자신의 모습은 과거에 꿈꿔왔던 모습과 다르다. 환경과 능력 등 여러 이유로 원하지 않는 삶이나 직업을 택한다. 풍요로운 삶을 살고 싶지만 가난하게 사는 사람이 많다. 나 역시 과거에는 그들과 별반 다르지 않았었다.

나는 어린 시절, 누구보다 가난한 환경에서 살았었다. 극도로 낮은 자존감으로 학창 시절 좋은 추억조차 없었다. 꿈이 많았던 나는 내 삶의 주인공이 되고 싶었지만, 현실은 그렇지 않았다. 나는 항상 주인공이 되지 못했다. 현실에 수동적으로 끌려가기만 했다. 나는 조연도 아닌 엑스트라의 삶이었다.

지금의 나는 많은 어려움을 이기고 경찰이 되었다. 사랑하는 가족도 생겼다. 이제는 전처럼 가난에 시달리지도 않는다. 하지만 내가 주인공이 아닌 삶에 미련이 남아 있었다. 여전히 무언가 허전함을 느끼고 있었다.

지금 나는 경찰관이지만, 한 아이의 아빠다. 또한, 내 아내에게는 남편이기도 하다. 즉, 내 역할은 경찰이 전부가 아니라는 것이다. 밖에서는 경찰로 살아가지만, 가정에서는 아빠, 남편으로서 삶에 충실해야 한다.

나와 아내는 맞벌이 부부다. 그러다 보니 마음 한구석에 육아를 제대로 하지 못한다는 죄책감이 있었다. 그래서 육아에 충실해보고자 2년 전 강력팀을 그만두고, 지구대로 가는 큰 결심을 했다. 지구대는 야간 근무가 많지만 비교적 출퇴근 시간은 일정한 편이다. 무엇보다 주간 근무 날을 제외하면 낮에 시간이 많다. 이런 장점 때문에 지구대를 선택했다. 그리고 그 시간을 육아에 온전히 쏟아보기로 했다.

지구대에 근무하며 아이의 등·하원을 전담했다. 야간 출근하는 날이면 아이를 돌보다가 퇴근한 아내에게 맡기고 출근했다. 야간 근무한 다음 날은 비몽사몽 상태로 집에 온다. 그러곤 아이의 등·하원을 다시 한다. 이런 날이 반복되다 보니, 오히려 강력팀에서 근무할 때보다 더 지치는 듯했다. 쉬어야 하는 날, 제대로 쉬지 못해 항상 피곤 속에 절어 있었다.

아이가 등원할 때, 다른 엄마들은 아이를 유치원에 맡기고는 서로 모여 커피를 마시러 간다. 나와 친했던 아이 엄마가 있었다. 그녀는 나에게 "같이 커피 마시러 갈래요?"라고 묻곤 했다. 하지만 엄마들 속에 아빠는 나 혼자였기에 쑥스러워 가지 못했다.

코로나 팬데믹이 헬스장 이용도 불가능하게 만든 시절이 있었다. 나는 당시 유일한 취미였던 운동을 중단하고 싶지 않았다. 그래서 거금을 투자해 내 방에 홈 짐을 꾸려보았다. 나만의 헬스장을 보니 너무 흐뭇했다. 하지만 홈 짐은 단점이 있었다. 집에서 운동하는 것은 헬스장과 느낌이 달랐다. 소음이라도 있을까, 숨소리를 죽여가며 운동했다. 기구도 헬스장처럼 함부로 다룰 수가 없었다. 만일 가구에 부딪히기라도 하는 날에는 박살이 나고 말 테니 말이다.

하루는 아이 등원을 마치고 나만의 홈 짐에서 운동했다. 그러곤 넷플릭스 영화를 보며 빨래와 설거지를 했다. 그런데 문득 한 가지 생각이 떠올랐다. 그날 내가 말을 한마디도 하지 않은 것이었다. 대화할 사람도 없었다. 이런 생각이 들자 갑자기 우울해졌다. 더는 집에 있기가 싫었다. 운동이라도 나가서 하고 싶어졌다. 나는 홈 짐을 중고로 전부 처분하고 다시 헬스장으로 갔다. 역시 운동은 헬스장에서 하는 게 훨씬 좋았다. 그제야 우울한 기분도 풀리는 듯했다.

그러던 어느 날, 몸에 이상이 생겼다. 엉덩이부터 발목까지 심한 통증이 온 것이었다. 나는 운동으로 인한 근육통인 줄 알았다. 운동을 열심히 해서 그런 줄 알고 더욱 운동에 매진했다. 그러자 통증은 더욱 심해졌다. 심지어 순찰차에 앉아 있기도 힘들 정도였다.

더는 견디지 못하고 병원으로 갔다. 설마 했는데 허리디스크였다. 그것도 협착증까지 있다고 했다. 의사 말로는, 70대 노인에게 오는 퇴화가 나에게 왔다고 했다. 의사도 그 이유를 모른다고 해서 당황스러웠다. 이 병은 겪어보지 않은 사람은 절대 모른다. 몸에 피가 나는 것도 아니고 뼈가 부러진 것도 아니다. 남들이 볼 때는 꾀병처럼 보인다. 더구나 나는 평소 아픈 곳이 별로 없었다. 아파도 얼굴에 티조차 나지 않았다. 그런 내가 고통에 몸부림치며 끙끙대니 사람들은 의아해하기만 했다.

나는 디스크를 고치기 위해 전국 방방곡곡 유명한 병원은 다 가보았다. 다섯 군데의 병원에서 수술을 권했다. 하지만 고민 끝에 수술은 하지 않기로 했다. 한번 내 힘으로 극복해보자고 생각해 재활을 시작했다. 지금은 많이 호전되었다. 하지만 허리디스크와의 사투는 아직도 진행 중이다.

디스크와 육아 스트레스로 인해 나에게 우울증이 찾아왔다. 우울증으로 인해 몸도 망가지기 시작했다. 혹은 반대인지도 모르겠다. 이유야 어찌 되었든 엄마들이 겪는 육아 우울증을 나도 조금은 알 수 있게 되었다. 예전에 힘들었던 아내의 마음도 이제야 헤아릴 수 있다.

"사람은 영과 육의 존재입니다. 마음이 병들면 육체도 병이 들어요. 반대로 육체가 병들면 마음도 병이 듭니다. 우리는 마음과 육체 둘 다

건강하게 유지해야 해요."

내가 섬기는 '하나로 교회'의 백선기 목사님의 말씀이다. 틀린 말이 아니었다. 나는 허리디스크로 통증으로 신체 활동을 못해 항상 짜증과 화가 나 있었다. 마음 또한 다스리지 못해 모든 게 귀찮고 싫었다. 그러다 보니 아내와 아이에게 쉽게 화를 내곤 했다.

우울증과 질병을 고치지 않으면 내가 정말 망가질 것만 같았다. 내 몸은 차치하더라도 가족이 힘들어지는 것은 견딜 수 없었다. 문제는 나 자신이었다. 내가 행복하지 않아 모든 것을 불행하게 느끼고 있었던 것이다. 나 자신이 행복해야 일도, 가정도 모두 감당할 수 있겠다는 생각이 들었다.

나는 독서를 꾸준히 하며 내가 놓치고 살았던 게 뭔지 고민했다. 사실 과거에 여러 이유로 학업도 포기해야 했었다. 이후에도 많은 것을 포기하고 살았었다. 나는 그냥 현실에 맞춰서 되는 대로 살았던 것이었다. 나도 한 번쯤 내가 해보고 싶은 일을 해봐야 하지 않을까? 독서와 글쓰기를 통해 나의 심경에 많은 긍정적인 변화가 생겼다. 변화는 거기서 멈추지 않고, 더욱 커져 책을 써보고 싶다는 꿈까지 꾸게 되었다. 그렇게 나는 작가의 삶을 살아보기로 결심했다. 이게 나와 모두를 행복하게 만들 거라 믿으면서 말이다.

책을 쓰며 나 자신을 돌아보았다. 과거의 나를 다시 찾아보았다. 앞으로 펼쳐질 미래의 내 모습도 기대하게 되었다. 지금의 나는 책을 쓰며 내가 행복한 사람이라는 것을 느낀다.

최근 내가 감명 깊게 본 책이 있다. 위닝북스 출판사의 대표이자, '인생라떼 권마담' 유튜브 크리에이터인 권동희 대표의 저서 《나는 워킹홀리데이로 인생의 모든 것을 배웠다》이다.

그녀의 저서에 이런 문구가 있다.

"NO. 1이 아닌 Only 1이 되라."

우리는 그동안 경쟁 속에서 살아왔다. 학교에서도, 사회에서도 끊임없이 경쟁했다. 학교에서는 성적으로 우리를 평가했다. 사회에서는 연봉, 스펙, 승진으로 평가하곤 한다. 심지어 경찰조직에서도 실적 경쟁을 한다. 이런 잣대로만 본다면 경쟁에서 이기면 조금 나은 사람이 될 순 있겠다.

하지만 나는 조금 나은 사람보다 특별한 사람이 되고 싶다. 경쟁에서 자유롭고 싶다. 권동희 대표의 말처럼 넘버원이 아닌, 온리원이 되고 싶다. 나만의 색깔로 유일한 나 자신이 되고 싶다.

그리고 나는 확신한다. 내가 찾은 꿈이 나를 특별하게 만들어줄 거라고.

오늘도 출근하는 김 순경에게

형사로 근무하던 시절, 형사과장님은 가끔 직원들을 상대로 의무 위반에 대해 교양하곤 했다. 특히 젊은 형사들 위주로 좋은 이야기를 들려주셨다.

하루는 입직한 지 5년 미만의 형사들을 회의실로 모이게 하셨다. 당시 막내 형사였던 나도 회의실로 갔다. 과장님은 우리 모두에게 질문하셨다.

"인생에 있어 가장 중요한 게 뭐라고 생각하세요?"

그는 한 사람씩 말해보라고 하셨다. 나는 가족이라고 말했다. 다른 직원은 친구라고 했다. 또 다른 이는 부모님이라고 했다. 모두의 답변을 들어보니 돈, 명예, 승진, 동료, 직업, 연인 등 다양했다. 과장님은 다시 말씀하셨다.

“여러분들이 말한 게 다 맞아요. 틀린 게 아니에요. 하지만 가장 중요한 것을 하나를 고르라면, 나는 ‘직업’이라고 말하고 싶어요. 경찰관인 여러분의 현재 직업입니다.”

나는 의아했다. 직업도 중요하지만, 가족이 제일 중요하지 않을까? 이런 나의 의문에 과장님은 시원하게 답변해주셨다.

“만약 직업이 없다고 가정해볼게요. 가족관계가 정상적으로 유지될 거라 생각하세요? 친구관계는요? 직업이 없으면 아무도 만나려고 하지 않아요. 돈, 승진, 명예 다 가질 수 없어요. 그러니 지금 여러분의 직업을 소중히 여기셔야 합니다.”

이 말을 들은 나는 머리를 한 대 얻어맞은 기분이었다. 직업이 없으면 수익이 없어 가족, 친구 등 모든 관계도 끊어지게 된다. 나는 수험생활 시절, 돈이 없어 친구들마저 멀리했었던 일을 겪었으면서 이런 사실을 잊고 있었다. 내가 직업이 없어 고생했던 과거를 새까맣게 잊고 산 것이다.

사실 나는 가끔 경찰이 된 것을 후회한 적도 있었다. 나에게 좋지 않은 일이 너무 많았기 때문이다. 조직생활 문제, 인간관계 문제, 민원인과의 관계, 적성 문제 등 이 모든 게 만만하지 않았다. 하지만 과장님의 말을 듣고 내 생각이 틀렸다는 것을 깨달았다.

직장생활을 하는 사람치고 힘들지 않은 사람이 누가 있을까? 스트레스 하나 없이 사는 직장인은 아무도 없다. 누군가는 내 자리에 오고 싶어서 지금도 안간힘을 쓰고 노력하고 있을 텐데. 나는 지난 힘들었던 과거와 직업의 소중함을 잊고 살았던 것이었다.

이후 나는 직업관을 고치게 되었다. 지금 내 자리, 내가 속해 있는 이 경찰이라는 직업에 감사하자고 다짐했다.

나는 지금 지구대에 근무하며 육아시간을 활용하고 있다. 육아시간은 여섯 살 이하 자녀를 키우는 공무원이 2시간 늦게 출근하거나, 일찍 퇴근할 수 있는 제도다. 이 제도를 통해 아이의 유치원 등·하원을 전담하고 있다.

내가 주간 근무를 하는 날이면 아침부터 분주하다. 먼저 출근 준비를 마치고 아이 유치원 준비물을 챙긴다. 그러곤 침대에 곤히 자는 아이에게로 간다. 아이를 보면 너무 사랑스러워 그냥 편히 자도록 하고 싶을 때도 있다.

아이를 깨우기 전에는 마음의 준비를 해야 한다. 가까스로 아이를 깨운 뒤, 씻기고 유치원으로 간다. 아이가 기분이 좋은 날은 그나마 다행이다. 그렇지 않은 날은 유치원이 싫다며 들어가려 하지 않는다. 유치원 앞에서 떼를 쓰며 드러누워버린다. 선생님까지 나와 달래보지만 쉽지 않을 때가 많다. 하여튼 고집 하나는 우리 집 대장이다.

아이를 등원시키고 출근하면 이미 나는 지쳐 있다. 그게 뭐가 힘드냐고 할 수 있지만, 아직 어설픈 아빠여서인지, 육아에 서툴기만 하다. 지친 마음으로 탈의실에서 제복으로 갈아입는다. 머릿속에는 오늘 하루 버틸 생각에 벌써 한숨이 나온다.

하지만 나는 제복을 입으면 달라진다. 나도 모르는 알 수 없는 힘이 샘솟기 시작한다. 슈퍼히어로가 슈트를 입었을 때 이런 느낌일까? 제복을 입고 근무할 때 내가 살아 있다는 것을 느낀다. 마음속 우울함이 사라지고 해방감마저 든다. 동료들과 함께 일할 때면, 즐겁기만 하다. 만일 경찰이라는 직업을 나에게서 빼앗는다면, 나는 아무것도 남지 않을 것이다. 그만큼 경찰이라는 직업은 이미 나에게 직업 그 이상의 소중한 것으로 자리 잡았다.

2022년 겨울은 눈이 참 많이도 왔다. 주간 근무할 때 순찰차를 타고 아이를 하원시킨 적이 있었다. 지구대와 유치원이 가까워 가능했다. 이왕 가는 거, 아이에게 경찰의 멋진 모습, 멋진 아빠의 모습을 보여주고 싶었기에 우리 지구대의 자랑인 SUV 순찰차를 타고 갔다.

내가 제복을 입고 유치원에 들어가자 하원하는 아이들이 전부 나를 주목했다. 아이들이 하나같이 "경찰 아저씨, 안녕하세요"라며 인사를 했다. 나는 투철한 서비스 정신을 발휘하며 아이들에게 반갑게 인사를 했다.

유치원 출입문 앞에서 아이를 기다리고 있을 때였다. 경찰인 나를 본 선생님들이 화들짝 놀라는 것이었다. 경찰이 유치원에 무슨 일로 왔냐고 물어봤다. 이상하게 다들 나를 알아보지 못했다.

나는 웃으면서 말했다.

"선생님 저 재훈이 아빠예요. 눈이 많이 와서 아이가 다칠까 봐, 급하게 하원시키러 왔습니다."

그제야 선생님은 안심하고 아이를 데리고 왔다. 나를 본 아이는 눈이 휘둥그레졌다. 정말 아빠가 맞나 싶었나 보다. 그러곤 "아빠! 경찰이야!"라고 소리치며 좋아했다. 나는 아이를 번쩍 안고 순찰차로 데리고 갔다. 순찰차를 본 아이는 너무 좋은지 손 시린 것도 모르고, 손으로 차를 만지고 비비며 안아보기까지 했다.

선생님은 웃으면서 말씀하셨다.

"역시 제복이 좋긴 하네요. 아버님 제복 입은 거 보니까 다른 사람 같아요. 재훈이 정말 좋겠어요."

조금 쑥스러웠다. 나는 평소에 아이를 등원할 때 씻지도 않고 모자만 푹 눌러쓰고 간다. 누가 봐도 꼬질꼬질한 아빠의 모습이었을 것이다. 하지만 제복을 입은 나를 보니 조금은 근사해 보였나 보다.

내가 경찰관인 게 아이에게 자랑이 된다고 생각하니 감회가 새로웠다. 다시 한번 내 직업의 소중함을 느끼게 되었다.

지금의 나는 즐거운 마음으로 출근한다. 팀원들과 커피를 마시며 마음의 여유가 있는 삶을 즐긴다. 때로는 집중해서 일하는 것도 좋다. 그 속에서 서로의 실수를 보듬어주기도 한다.

경찰조직 분위기가 나의 초임 순경 때와 많이 달라진 것을 느낀다. 그때의 경직되고 딱딱한 분위기가 사라지고, 서로 존중해주는 문화가 자리 잡고 있다.

13만 경찰관들이 전국 각지에서 고생하고 있다. 추위와 더위를 이겨내고, 위험을 무릅쓰고 범죄와 싸운다. 주취 폭력에 시달려도 할 일을 한다. 때로는 어려운 사람들을 돕기도 한다. 모두 각자의 자리에서 최선을 다하고 있다.

오늘도 많은 김 순경이 출근하고 있다. 그들은 지금도, 앞으로도 좋은 경찰관이 되기 위해 노력할 것이다. 우리는 모두 그 누구를 대신할 수 없다. 모두가 지금 이대로 좋은 경찰관이다.

나는 좋은 경찰관이 되기 위해 고군분투하는 김 순경과 이런 경찰을 사랑하는 분들을 진심으로 응원한다.

오늘도 출근하는 김 순경에게

제1판 1쇄 2023년 5월 1일
제1판 2쇄 2023년 5월 31일

지은이 이재형
펴낸이 최경선 **펴낸곳** 매경출판㈜
기획제작 ㈜두드림미디어
책임편집 최윤경, 배성분 **디자인** 얼앤똘비악earl_tolbiac@naver.com
마케팅 김성현, 한동우, 구민지

매경출판㈜
등록 2003년 4월 24일(No. 2-3759)
주소 (04557) 서울시 중구 충무로 2(필동1가) 매일경제 별관 2층 매경출판㈜
홈페이지 www.mkbook.co.kr
전화 02)333-3577
이메일 dodreamedia@naver.com(원고 투고 및 출판 관련 문의)
인쇄·제본 ㈜M-print 031)8071-0961
ISBN 979-11-6484-540-8 (03810)

책 내용에 관한 궁금증은 표지 앞날개에 있는 저자의 이메일이나 저자의 각종 SNS 연락처로 문의해주시길 바랍니다.